100세 철학자의 행복론 2

100세 철학자의 행복론 2

김형석 지음

열림원

돌이켜보면 작은 하나의 해답이 있을 뿐이다.

모두가 그렇게 행복해지는 대한민국이

나의 남은 소원이 되었다.

머리글을 대신해서

100년 전, 내가 어렸을 때를 회상해본다. 누구보다도 힘들었던 인생의 밑바닥에서 자랐다는 생각을 한다.

태어날 때부터 병약하게 자랐다. 부모님과 나도, 내가 어른이 될 때까지 살 것이라고는 기대하지 못했다. 열네 살이 되었을 때, 모친은 "네가 스무 살까지 살아주었으면 좋겠다"라고 말했을 정도였다. 그래도 중학교에 입학했고 그다음부터는 조심조심하며 성장해 50쯤 되면서는 정상적인 건강 상태를 자신할 수 있었다.

70이 넘으면서부터는 동갑내기 친구들과 비교하면서 내가 더 건강한 편임을 인정했다. 비슷한 나이에서는 내가 가장 많은 일을 했으니까.

옛날에는 모두가 가난했다. 그러나 절대 빈곤이 어떤 것인지 나는 경험했다. 중고등학생 때였다. 나보다 더 가난하게 사는 친구가 별로 없었다. 그래서 졸업 직후에는 대학에 갈 희망을 단념한 적이 있었다. 대학 생활 4년을 넘기는 동안 아르바이트를 면치 못했다. 해방, 공산 치하, 6·25전쟁을 겪으면서 그 가난의 짐을 모면하지 못했다. 30대 끝자락에 가서야 가난의 무거운 짐을 벗어놓은 셈이다. 그 후부터는 부하지는 못했으나 가난하게 살지는 않았다. 있는 것으로 자족했고 적은 수입에 감사하는 마음으로 지냈다. 비교적 일찍부터 '누가 부자인가? 많이 갖고 있는 사람보다 많이 베푸는 사람이 부자다'라는 생각을 지니고 살았다.

내 인생은 교육으로 시작해 교육자로 살다가 끝나고 있다. 시골 초등학교 선생으로 출발했다가 중고등학교

교사가 되고, 7년 후에는 대학교수가 되었다. 교수직을 떠난 후에는 사회교육에 지금까지 헌신하고 있다. 전교생이 30명 정도였던 교회학교 생도 중의 하나로 자란 내가 대한민국의 누구보다도 많은 제자를 둔 스승이 되었다.

가정에서는 2남 4녀를 키웠다. 지금은 내 슬하의 가족이 40명이 넘는다. 증손주까지 자라고 있으니까 복받았다고 나이 든 사람들은 말한다. 지금의 젊은 세대는 그 어려운 시대에 왜 고생을 사서 했느냐고 묻는다. 축복이기도 했고 고생이기도 했다. 그러나 후회하지 않는다. 모두 자기 인생을 행복하게 살아가고 있다.

최근 10여 년 동안에는 내가 기대하지도 않았던 상을 많이 받았다. 한 일도 별로 없고 중요한 직책을 맡은 적도 없었다. 내 친구들이 더 훌륭했는데 상은 내가 더 많이 받아 부끄럽다. 돌이켜보면 작은 하나의 해답이 있을 뿐이다. 오래 사느라고 누구보다도 고생 많이 했다. 그러나 사랑이 있는 고생이었기 때문에 행복했

다. 모두가 그렇게 행복해지는 대한민국이 나의 남은
소원이 되었다.

2023년 봄에

김형석

차례

1

선하고 아름다운 인생의 길

생각해보면 고난의 짐을 질 수 있었기 때문에
오늘의 내가 된 것이다.
주고받은 사랑이 있었기 때문이다.

인생, 사랑이 있는 고생이 행복이었다

나를 대하는 많은 사람이 행복해 보인다고 한다. 비교적 미소가 많은 편이며 대하는 사람들에게 좋은 인상을 주었기 때문인 것 같다. 선교사와 목사님들을 많이 만나는 동안에 자연스럽게 나도 그렇게 되었는가 싶기도 하다.

90을 넘기면서 한림대학교에서 일송(一松)상을 받았다. 상을 받으면 축하객들에게 감사와 영예로움을 위한 답사를 하는 것이 보통이다. 내 답사였다. "상을 주기로 결정했다고 통보를 받았기 때문에 받기는 했으나, 저는 받을 자격이 없습니다. 특별한 업적도 없고 보람 있는 직책을 맡은 적도 없습니다. 나보다 훌륭한 후보자가 더 많았을 것입니다. 왜 주었을까, 하고 깊이 생각해보았더니 한 가지 수상 자격이 떠올랐습니다. '오래 사시느라고 고생 많이 하셨습니다.' 그래서 주는 상이면 받겠습니다"라고 했다. 모두 웃었다. "저는 그래도 그 고생이 행복이었습니다. 그런 사랑이 있는 고생이 없었다면 오늘의 제가 없었기 때문입니다." 모두 숙연한 표정이었다.

나만큼 고난의 역사를 산 사람도 적잖을 것 같다. 태어나서 해방될 때까지는 일제 식민지 기간을 지냈다. 중학생 때는 모교가 신사참배 거부로 폐교되고 최악의 일본 식민지 교육을 받았다. 대학생 때는 학도병 문제로 고민했다. 해방 후 2년 동안은 공산 치하의 있을 수 없는 비극에 시달렸다. 목숨을 걸고 삼팔선을 넘어 탈북했다. 대한민국의 과거도 순탄치는 못했다. 그러나 생각해보면 그 고난의 짐을 질 수 있었기 때문에 오늘의 내가 된 것이다. 주고받은 사랑이 있었기 때문이다.

100세를 전후하면서 요사이 주변에서 많이 받은 질문이 있다. 언제가 가장 행복한 때였느냐고. 고난 중에서도 행복한 때가 많았던 것 같다. 다음 두 가지 행복도 남다른 것 같다.

1985년은 연세대학교가 100주년을 맞이하고 내가 정년 퇴임하는 해였다. 종강 기념 강의가 6월 10일 오후 두 시 인문학관 대강당에서 예정되어 있었다. 주제는 '윤리적 판단과 시간의 관계'였다. 불행하게도 그날은 오전부터 학생들의 반정부 데모로 캠퍼스가 온통 전쟁터로 변해 있었다. 개교 이래 가장 격렬한 경찰과의 충돌이 벌어진 하루였다. 캠퍼스 전체가 최루탄과 함성으로 가득 찼다. 책임을 맡았던 후배 교수들이 할 수 없이 종강식을 연기하자고 제안해왔다. 나는 두 달 동안 해외여행 계획이 있어 감행할 수밖에 없었다.

종강식 10분 전에 강의실에 들어섰더니 빈자리가 없을 정도로 꽉 차 있었고 서서 청강할 학생들이 들어서고 있었다. 옷에 밴 최루탄 가스에 재채기와 기침 소리가 들렸다. 그래도 80분 정도의 순서와 강의가 잘 마무리되었다. 학생들은 다시 데모대에 동참했다. 외부에서 찾아온 기자들과 잠시 대화를 나누기도 했다. 나는 늦은 시간까지 연구실에 머물다가 혼자 집으로 돌아왔다. 그때 나는 나의 30여 년 교수 생활이 헛되지 않았다고 생각했다. 나를 위해주는 후배 학생들이 있었기에 누구보다도 행복했다고 생각하니, 눈시울이 뜨거워졌다.

긴 세월이 지났다. 90을 맞이했다. 충북 영동에서 강연회가 있었다. 강연을 끝내고 휴게실에서 혼자 쉬고 있는데 노크 소리가 났다. 문을 열고 들어온 사람은 그 지역의 유지로 보이는 노신사였다. "선생님, 피곤하실 것 같아 잠시 인사만 드리고 가겠습니다." 정중한 자세였다. "강연을 듣고 돌아가다가, 제가 오늘이 아니면 다시 뵙고 감사하다는 인사를 드릴 기회가 없을 것 같아 실례를 했습니다. 안병욱 선생님의 건강은 어떠신가요? 그러시겠지요. 워낙 고령이시니까. 그래도 선생님께서 이렇게 건강히 계셔주셔서 감사합니다. 저희들이 젊었을 때는 참 살기 힘들었습니다. 경제적 어려움보다는 정신적 방황이 극심했습니다. 그때 두 분 선생님이 계셔서 강연 방송도 들려주시고 저서도 남겨주셔서 그 어려운 시기를 지날 수 있었습니다. 저는 하느님께서 우리를 위해 두 분 선생님을 보내주셨다고 생각합니다. 선생님, 저희들을 위해 수고 많이 해주셔서 감사합니다." 노신사는 그 말을 남기고 돌아서서 나가다가 다시 발걸음을 멈추고 돌아서면서 "안병욱 선생님을 뵙게 되면 감사하다는 인사를 전해주시기 바랍니다"라는 말을 남기고 떠나갔다.

2012년 5월이었다. 내가 약속대로, 기억력을 많이 상실한 안 선생 댁을 방문했다. 예상 못 했던 강원도 양구의 전창범 군수와 몇 분이 동석하게 되었다. 그때 뜻밖의 소식을 전해 들었다. 양구의 유지 몇 분이 안 선생과 나를 위한 작은 기념관을 건축 중이라는 것이었다. 그 공원에는 우리 둘을 모실 안식처도 마련되어 있다고 했다. 고향이 북한이어서 그곳으로 돌아갈 희망이 없는 우리를 양구 휴전선 밑 한반도 중앙에 모시고 싶어 준비했다는 것이었다.

다음 해 10월 안 선생은 양구의 기념관에 들러보지 못하고 우리 곁을 떠났다. 10월 10일 기념관 앞에서 영결식이 있었다. 내가 추모사를 낭독했다. 충북 영동에서 있었던 얘기를 하면서 "많은 사람이 선생님의 수고에 감사하고 있습니다. 편히 쉬셔도 되겠습니다"라고 인사를 전했다.

벌써 10년 전의 일이다. 안 선생 무덤 옆에는 내 자리가 준비되어 있다. 우리는 감사하다는 인사를 받는 인생을 살았다. 우리도 모르는 사랑이 있었기에 행복했다.

자유와 사랑의 변증법

더위를 잊을 방법을 써달라는 원고를 청탁받은 지 오래되었다. 그러나 나 자신이 더위를 잊을 만한 좋은 체험을 가져본 일도 없었기에 별로 신통한 생각이 떠오르지 않았다. 경제적 조건만 충족한다면 무슨 방법으로든 더위를 잊을 수야 있겠지만, 본래 더위는 참는 것으로만 알고 있던 나로서는 글을 쓸 자신마저 없어지고 말았다. 누가 더운 오후에 내 방에 찾아와 재미있는 이야기라도 해준다면 잠시나마 더위를 잊을 것 같다는 생각이 든다.

생각한 나머지 다음의 짧은 이야기를 읽어나가는 동안이라도 더위를 잊을 수 있을까 싶어 붓을 들기로 한다.

대학에 다니고 있을 때의 이야기다.

어느 날 이른 오후 나는 H군의 작은여동생으로부터 엽서를 받았다. 오빠 때문에 근심되는 일이 있으니 좀 도와달라는 내용이었다. 여학교 2학년에 적을 두고 있던 누이동생이 염려할 정도라면 어떤 일일까, 하고 생각해보았으나 도무지 짐작이 가지 않았다.

나는 H군을 퍽 사랑하고 존경하고 있었다. 지나치게 자주 만나는 것이 오히려 친구의 발전과 정신적 향상에 해로울까 싶어 그리우면서도 한 달에 한두 번 찾을까 하는, 아끼고 그리운 친구 중의 하나였다. 그러기에 더욱 이상하고 수수께끼 같다는 호기심도 없지 않았다.

내가 H군의 방문을 두드렸을 때는 오후 네 시가 다 되었던 것 같다. H군은 방에 없었고 동생만이 책상 앞에서 영어 숙제를 하느라 땀을 흘리고 있었다. 동생은 나를 무척 반기더니 방문을 열면서 앉기를 권했다.

H 군의 방은 무척 변해 있었다. 쌓였던 책들은 벽장 안으로 들어갔는지 보이지 않았고, 이부자리는 펴진 채였고, 빈 책상 위에는 아직 손때도 묻지 않은 바이올린이 놓여 있었다. 그 옆에는 초보를 위한 것으로 보이는 악보가 하품이라도 하듯 펼쳐져 있었다.

"오빠의 바이올린이야?"

H 군이 모든 점에서 우수한 친구이기는 하나 그가 음악을 한다는 것은 내게 까마귀가 노래를 부르는 것만 같았다. 그 점에서는 나와 큰 차이가 없음을 중학교 때부터 잘 알고 있었다.

"벌써 오륙일이나 지났어요. 바이올린을 시작한 지가……."

"도대체 음악은 무엇 때문에……? 소질도 없는 친구가……."

"그러게 말이에요. 요새는 밥도 안 먹고 바이올린만 켜는데 밤새도록 삑삑 긋고는 새벽부터 또 시작해요.

그런데 가만히 들어보면 악보를 보는 것도 아니고 바이올린을 배우려고 하는 것 같지도 않아요. 그저 똑같은 소리만 밤낮 내고 있지 뭐예요. 그러다 오빠가 미칠까봐 걱정이에요."

나는 심상치 않은 사실이 그 바이올린 속에 있다고 느꼈다. 동생의 설명에 의하면 밥도 제대로 안 먹고 잠도 통 못 잔다는 것이다. 외출도 않고 아무도 안 만난다지 않는가.

"지금은 어디 갔는데?"

"곧 돌아올 거예요. 옆의 숲길로 산보를 간 모양이지요."

약 20분쯤 지났을까, 친구가 현관문을 열고 들어섰다. 그는 내 구두를 발견하고는 소리를 지르면서 올라왔다.

"야, K형 아니야?"

웃으면서 악수하는 H 군의 얼굴은 퍽 야위어 보였다. 그러면서 슬금슬금 내 시선을 피하는 것 같았다. 나는 한참 만에 말을 꺼냈다.

"웬일이야, 바이올린을 다 켜고……?"

H 군은 빙그레 웃을 뿐 말이 없었다.

"소리가 나기는 하나?"

"소리를 내기 위해서 긋는 것은 아니야."

"그럼?"

"무엇인가를 잊어야 살겠는데 잊을 길이 있어야지. 그래서 바이올린이라도 긋고 있노라면 잊을 수 있을까 했는데 잘 안 되는구면……."

"그래서 하루 24시간을 음악 공부로 보내고 있구면……."

"동생이 그러던가……? 참, 큰일 났네. 요새는 내가 생각해도 도무지 제정신이 아니야. 어떻게 될까 스스로도 염려하고 있네."

"도대체 무엇인데?"

H 군은 입가에 웃음을 띠고 있을 뿐 가볍게 입술을 떨면서도 좀처럼 입을 열지 않았다. 무엇인가 심상치 않음을 느꼈으나 더 물을 수도 없었다. 말없이 창밖을 내다보고 있던 H 군은 동생더러 좀 나갔다 오라며 내

보낸 뒤에 다음과 같은 이야기를 했다.

H 군은 또 다른 동창인 P 군과 무척 가까웠다. P 군은 대학에 다니는 여동생과 자취를 하고 있었다. 우리보다 모든 일에 몇 배나 열정적이며 마음이 곧았던 H 군은 자주 P 군의 집에 드나들면서 P 군의 동생을 자기도 모르는 사이에 사랑하게 되었다. 그의 감정과 정열은 둑을 열어놓은 호수처럼 스스로도 억제할 수 없이 흘러 쏟아지고야 말았다. 그러나 순진한 H 군은 그 사랑을 자존심과 수치심 때문에 반년이나 자기 가슴속에만 묻어두었을 뿐이었다.

얼마의 세월이 지난 뒤 H 군은 P 군의 동생이 다른 남성을 그리워하고 있다는 암시를 받게 되었다. 더 참을 수 없었던 H 군은 마침내 그 여자에게 사랑을 고백하고 자신의 사랑을 받아주기를 간청했다.

그러나 P 군의 동생은 냉정했다. 친절과 우의에는 조금도 변함이 없으나 사랑 문제에 있어서는 예스도 노도 없이 두 달을 보냈다. P 군도 두 사람의 상황을 눈치

챈 것 같았다. H 군은 마침내 그 여자에게 더 이상 나를 괴롭히지 말고 예스나 노를 말해달라고 다그쳤다. 여자의 대답은 간단했다.

"나는 H 선생을 무척 존경합니다. 그러나 사랑을 받아들이기에는 마음이 미치지 않습니다."

그러나 H 군은 자신의 사랑을 속일 수도 끊을 수도 없었다.

며칠 뒤 H 군은 사랑하는 여자가 다른 남성과 사귀고 있다는 사실을 알게 되었다. 오빠인 P 군도 그 사실을 어렴풋이 긍정하고 있었다. H 군은 낙망했다. 그의 자존심이 스스로를 저주하는 듯싶었고 그의 정열이 모든 능력을 불사르는 것 같았다.

온종일 거리로 싸돌던 H 군은 인파에 몰려 한 영화관에 밀려들었다. 그리고 쇼팽의 생애를 주제로 한 〈이별의 곡〉을 보게 되었다. 쇼팽을 사랑하여 프랑스까지 온 애인이, 그가 조르주 상드와 사랑하는 사이임을 알고는 자신의 애정을 단념한 채 돌아가는 내용이었다. 영화관을 나온 H 군은 바이올린을 사들고 밤늦게야 집으로 돌아왔다.

나는 잊지 못하는 시간을 견딜 수 없었다는 친구의 심정을 짐작할 수 없었다. H 군의 얘기가 끝난 뒤 나는 별로 할 말이 없었다. 끝없는 동정과 위로가 필요하다는 것을 알았으나, 어떻게 할 수 없는 처지였다.

"H 형, 정 그렇다면 P 군에게 잘 얘기해서 그 동생에게 H 형의 인격이나 장래를 좀 더 이해시키고 다시 한 번 판단을 하도록 해보는 것이 좋지 않겠나? 그 일이라면 나도 힘 좀 써보겠네."

나는 나대로 진심을 말해주었다. 나는 그 여자가 사귀고 있는 남성이 누군지 알 필요도 없었다. 나나 P 군은 H 군만큼 좋은 남자를 생각할 수 없었기 때문이다.

"어때? 내가 도움이 되어줄까?"

내가 다시 물었다. 그러나 내 얼굴을 한참 바라보던 H 군은 참으로 뜻밖의 대답을 했다.

"K 형, K 형은 아직 사랑해본 일이 없구려. 사랑은 그런 것이 아닐세. 내가 백번 울더라도 사랑하는 사람의 자유에 어떻게 손을 대겠나. 그 여자의 자유를 빼앗을 바에는 차라리 내가 실연에 괴로워하는 편이 낫지! 자유를 부정하는 사랑이 어디 있겠나!"

나는 더 무어라고 말할 바가 없었다. 확실히 나는 사랑을 모르고 있는 게 틀림없었다.

그날 나는 내 친구에게서 위대한 진리를 배웠다. 자유와 사랑의 변증법(辨證法)이다. 자유가 사랑이 될 수는 있으나 사랑이 자유가 되기는 어렵다는 것이었다. 이 둘이 조화되지 않을 때 사랑은 자유를 위해서 끝없이 아픈 십자가를 지게 된다는 것이었다.

나는 이 세계가 신의 사랑과 인간의 자유로 엮여 있다고 생각한다. 인간은 스스로의 자유를 위하여 노력하나 신은 그 자유를 위하여 끝없이 사랑의 눈물을 흘리는 것을 역사라고 생각한다.

혹자는 왜 세상에 악이 있느냐고 묻는다. 그러나 인간이 자유를 누린 것 말고 또 무슨 악이 있겠느냐고 묻고 싶어진다. 또 혹자는 왜 신은 우리를 범죄치 못하도록 붙들어 매지 않느냐고 묻는다. 그러나 신의 사랑은 우리를 목석(木石)으로 만들 수 없다.

그러므로 신은 백번 우시더라도 우리의 자유를 꺾지는 않는다. 당신이 채찍을 받고 독생자를 십자가에 못 박히게 하실지언정 우리의 자유를 속박하시지는 않는다. 인간의 자유 때문에 우시는 신의 마음을 알게 된다면 그 얼마나 영광스러운 일일까마는……. 그러므로 우리의 유일한 의무는 나의 모든 자유를 신의 사랑에 굴복시키는 일이다.

결혼이라 쓰고, 열매라 읽는다

내가 어렸을 때만 해도 성년이 되면 결혼하는 것을 당연하게 생각했다. 결혼을 못 하는 사람은 있어도 안 하는 사람은 거의 없었다. 늦도록 결혼을 못 하면 부끄러운 것으로 생각했다.

그러던 것이 지금은 결혼이 하나의 선택 사항이 되어버렸다. 남녀 모두 직업이 확실하고, 자립적인 삶을 위하여 결혼을 택하지 않는 경우가 많아지고 있다. 가정을 감당하기 어렵거나 자유로운 생활을 위해서는 구태여 결혼할 필요가 없다고 여긴다.

이런 추세라면 독신 생활을 즐기는 사람들이 늘어나고 자녀의 수가 줄어 인구도 감소할 것이다. 현대사회에서 인구가 늘고 있는 나라들은 대체로 개발도상국 즉, 교육 수준이 낮고 경제적으로 빈곤한 지역에 속해 있는 경우가 많다. 교육 수준이 높아지고 정신적 자유를 원하는 개성이 강한 사회가 될수록 결혼과 인구는 늘어나지 않는다.

그렇다고 사랑이 감퇴하거나 이성 간의 연정이 약화하는 것은 아니다. 그래서 전통적 인습에서 본다면 본래부터의 결혼 관념에서 변질된 형태의 사랑 공동체가 늘어날 추세다. 동거는 하지만 결혼은 하지 않는다든지, 우정을 포함한 애정은 갖고 있으나 부부가 아닌 동거 또는 별거를 하는 사람들이 더 늘어날 것이다. 이성이든 동성이든 친구로서 사랑하며 사는 예는 얼마든지 볼 수 있다.

또 반드시 부부 사이에 태어난 아기가 아니더라도 입양하여 키우는 일이 하나의 방법으로 확대된 지 오래다.

그러나 유구한 세월에 걸쳐 결혼과 부부 생활을 이어온 전통적 시각에서 본다면 이런 사고와 변천 과정은 어떻게 보일 것인가.

아직도 그것이 차선의 길일 수는 있으나 최선의 방향은 아니라고 생각하는 사람들도 많다. 이런 사람들은 시대가 바뀌고 사회가 변한다고 해도 결혼을 하여 행복한 가정을 꾸려가는 것이 바람직하다는 뜻을 부정하지 못한다. 그것이 최선의 길이며, 최선의 길은 다수가 선택해서 좋은 것이라고 여긴다.

일찍부터 아예 '나는 독신주의자'라고 여기며 사는 사람들이 있다. 물론 그것이 옳지 않다고는 생각하지 않는다. 개인의 자유와 행복은 개인의 것이기 때문이다. 그렇다고 해서 결혼할 필요가 없다든지 가정은 사라져버릴 과도적 존재라고 공언하는 것도 썩 마땅한 일은 아니다. 더 많은 사람이 여전히 그 길을 택하고 있기 때문이다.

더욱이 결혼과 가정으로 이어지는 사랑과 행복을 의도적으로 깨뜨리는 애정 행각이나 행위를 긍정하거나 예찬하는 것은 삼가야 한다. 자유로운 연애가 나쁘다는 것은 아니다. 그러나 결혼과 가정을 통해 유지되는 자유, 사랑, 행복을 가볍게 보거나 의미가 적은 것으로 볼 권리가 있는 것도 아니다.

사랑의 방식은 다양한 형태가 모두 존중되어야 하지만, 그중에 특히 사랑이 있는 결혼과 행복한 가정은 인류의 가장 값진 전통의 하나로 이어져야 할 가치가 있다.

"결혼해보라. 후회할 것이다. 하지 말아보라. 그래도 후회할 것이다"라는 셰익스피어의 말이 있다.

한때는 우리 주변에서도 '결혼은 연애의 무덤'이라는 얘기를 들을 수 있었다. 연애론자의 말이었다.

잘못된 것은 아니다. 결혼은 개인의 자유를 제약하며 가정적인 부담은 행복을 빼앗아간다는 생각을 많은 사람들이 하고 있다. 그렇다고 결혼을 안 하게 되면 남들과 같은 행복을 누리지 못하고 사랑의 보금자리 밖에서 사는 것 같은 아쉬움이 평생 뒤따른다.

그래서 많은 사람이 자유롭고 행복할 수만 있다면

결혼해도 좋다는 결론으로 돌아간다. 그러나 노력이나 사랑의 봉사 없이 자유와 행복을 원하는 것은 큰 잘못이다. 사랑은 더 많은 자유와 행복을 만들어준다는 의지와 노력이 있는 사람만이 행복한 결혼 생활을 할 수 있는 것이다.

결혼 때문에 자유로운 연애 생활이 깨진다고 생각하는 사람은 결혼을 하지 않아도 된다. 그러나 그것은 아름다운 꽃을 즐기기 위해 열매를 맺을 필요가 없다고 생각하는 것과 비슷하다. 진정한 인간적 사랑을 동반한 연애에서 이어지는 결혼은 하나의 자연스러운 과정이다. 문제는 진정한 사랑이 어떤 것인지를 물어야 한다는 것이다.

결혼의 중심 조건은 사랑이다. 사랑이 없는 결혼은 있을 수 없다. 그러나 결혼으로 이어지는 사랑이 어떤 것인지가 문제다. 원시시대부터 지금에 이르기까지 결혼의 전제 조건이 되는 사랑은 애욕과 연정이 그 원천이 되어왔다. 그리스신화에서 기원을 찾아보자면, 인간은 본래 양성(兩性)을 갖춘 완전한 존재였는데, 신들이 인간의 우수성을 질투해서 완전한 인간을 반으로 쪼개 한쪽을 남성, 다른 한쪽을 여성으로 만들어 분리시켜 놓았다는 것이다. 그래서 인간은 잃어버린 반쪽을 찾아 헤매는 동안 신들보다 앞서지 못하게 되었다고 한다. 그 잃어버린 반쪽에 대한 그리움과 연모의 정, 그것이 결혼의 원동력이라는 뜻이다. 그러므로 인간은 그 반쪽과 결합하지 못하는 동안에는 방황, 갈등, 고독, 애모의 정을 갖고 산다는 것이다.

욕망과 기대를 채우기 위해 결혼을 하고 나면 오히려 후회와 고통이 뒤따르는 경우가 있고, 결혼하기 이전보다도 부자유와 피로의 짐을 져야 하는 경우도 생긴다. 그래서 결혼에 대한 회의를 갖게 되며 이혼의 길을 택하기도 한다.

그러나 그것은 결혼 자체에 잘못이 있는 것은 아니다. 사랑의 자격을 갖추지 못한 사람들이 결혼의 뜻을 깨닫지 못하고 결합했던 것이다. 마치 등산을 하는 사람들이 등산복을 입고 산 밑에 서게 되면 정상에 오르는 행복과 정상에서 누릴 수 있는 영광은 저절로 얻어지는 것 같은 착각을 하게 되는 것과 마찬가지다. 결혼이라는 등산을 하는 동안에 부부의 애정은 더욱 돈독해지며 그 수고와 인내와 노력의 대가로 행복과 자유, 그리고 영광의 정상까지 오르게 되는 것임을 반드시 이해해야 한다.

그때의 사랑은 남녀 간에 갖는 연정보다는 애정이며, 결혼 후의 애정은 인간적 사랑으로 발전하게 된다. 결혼은 정의 결합이다. 이때의 정은 애정이면서 우정이기도 하며 인간적 삶의 정이기도 한 것이다. 그 속에는 아름다움이 있고, 위해주려는 의지가 있고, 사랑을 완성시키려는 인간애가 포함되어 있다.

결혼은 그런 사랑의 결합인 것이다. 그런 사랑에는 후회가 없다. 연애의 꽃을 열매 맺게 해주었기 때문이다.

생각의 방향을 바꾸어보자. 우리 주변에서 어떤 사람들이 결혼에 실패하는 경우가 많았는가.

옛날에는 철들기 전에 사랑이 무엇인지도 모르면서

결혼하는 사람들이 적지 않았다. 내가 아는 사람들 중에서도 10대 중반이나 후반에 결혼한 이들이 있다.

그들 중 적지 않은 사람들이 이혼을 했다. 사랑의 책임과 의무를 모른 채 결혼을 했고 사랑을 키워갈 능력을 갖추고 있지 못했기 때문이다. 그런데 같은 조건으로 결혼했음에도 불구하고 행복한 가정을 모범적으로 이끌어간 부부도 있다. 결혼 후에 사랑을 깨달았고, 그 사랑을 쌓아갈 수 있었던 것이다.

우리 주변에 널리 알려진, 존경받는 목사님이 있었다. 그분은 열세 살에 결혼했고, 부인이 세상을 떠난 뒤에도 20년을 홀로 지내며 많은 사람의 존경을 받는 가정을 영위했다.

우리 주변에는 연예인이나 유명 인사들의 결혼에 관심을 갖고 지켜보는 이들이 많다. 지명도 때문이기도 하지만 그 이면에는 그들의 이혼이 자주 논란의 대상이 되는 까닭도 있다.

일과 생활의 많은 부분을 정서적이며 감정적인 분야에 쏟고 살아가는 연예인이나 예술인들의 흔한 이혼

소식을 접할 때, 인간의 감정이 연정 즉, 연모 및 연애의 감정과 연결되어 있다는 점을 다시금 느끼게 된다. 그때의 감정을 잘 조절하지 못하거나 더 이성적인 사랑으로 승화시키지 못하면 감정의 갈등이 애정의 파탄을 초래한다. 감정은 언제나 기복이 심하며 지적으로 안정된 상태를 유지하기가 어렵기 때문이다.

그러나 감정과 더불어 이성적인 사랑을 갖추면서 그 사랑을 인격적인 면까지 승화시킬 수 있는 결혼은 서로의 자유를 존중하면서도 행복과 건설적인 사랑의 가정을 만들어가게 해준다. 자녀를 사랑으로 키워가는 행복은 물론, 이웃과 사회에 이바지하며 그 대가로 존경과 영광을 누리는 가정을 육성할 수 있는 것이다.

그 행복과 영광은 체험해보지 못한 사람은 깨닫지 못하는 사랑과 행복의 길이다.

이때 무엇보다도 잘못된 것은 사랑과 결혼을 다른 목적을 위해 이용하는 일이다. 상대방의 재산을 탐낸다든지, 사랑보다도 상대방의 명예나 명성을 차지하려는 욕심은 삼가야 한다. 예컨대, 남성이나 여성이 갖고 있는 지위나 능력을 인격 이상으로 평가하는 일, 또는 남성이나 여성이 갖춘 외모와 인기에 편승하는 결혼 등은 스스로 반성해야 한다. 비록 그렇게 시작된 결혼이라고 해도 그 이상의 인간성이나 인격의 평가를 높여가는 일이 병행되어야 한다. 사랑은 제자리에 머무는 것이 아니다. 항상 더 선하고 값있는 위치로 승화될 수 있어야 행복과 감사의 터전이 되는 것이다.

이것들과 마찬가지로 옳지 못한 결혼은 사랑과 결혼을 즐거움의 수단으로 삼는 일이다. 만족과 쾌락의 수단으로 결혼을 한다는 것은 윤리적으로 보았을 때 이치에 맞지 않는다. 그러나 실제에 있어서는 그런 사례가 적지 않다. 성을 즐긴다든지 남들에게 자랑스럽게 보이고 싶은 욕망, 우리도 남 못지않게 행복하다는 식의 꾸밈 등은 결혼의 조건이 될 수 없으며, 그런 결혼은 행복과 환희의 결실을 얻지 못한다.

결혼은 깊은 사랑과 더불어 인간적 성실성을 전제로 이루어지는 것이어야 한다.

나의 선배 교수 한 사람은 제자의 주례를 맡게 되면

목욕을 하고 마음의 정리는 물론 다른 일은 하지 않고 정성스럽게 결혼식에 임한다. 결혼 당사자들보다도 더 엄숙한 자세를 갖춘다. 우리 모두가 그런 심정과 자세로 결혼에 임했으면 좋겠다.

적어도 신랑은 내 아내가 오늘에 이르기까지 부모와 가족 친지들의 극진한 사랑과 보호를 받으면서 지금에 이르렀고, 이제부터는 그 사랑과 보호의 책임을 평생동안 내가 맡아 섬겨야 한다는 생각을 해야 할 것이다.

신부도 그런 기대와 사랑을 바탕으로 신랑을 훌륭한 남편과 가장으로 섬기고, 자신의 능력을 더욱 펼치겠다는 지성스러운 마음으로 결혼에 임해야 할 것이다.

아무리 오랜 기간을 연애했다고 해도 결혼 기간만큼은 길지 못하다. 그 길고 긴 세월을 동반자로서 서로 도우며 성장하고, 원만한 인품과 건설적인 사랑, 그리고 희생정신으로 자랑스러운 가정을 영위하는 것이 결혼이다. 결혼은 인생에서 가장 엄숙하고 유구한 인생의 출발인 것이다.

남편과 아내의 행복은 서로 믿고 존경할 수 있을 때

가능해진다. 높은 존경심이 신뢰와 행복의 원천이다. 그래서 부부는 선한 의지와 신념 있는 자세로 건강하고 행복한 가정을 이끌어가야 한다. 남편과 아내는 서로의 믿음과 존경을 저버려서는 안 된다.

또한, 아름답고 부드러운 감정에서 부부의 행복이 나온다. 남편다움, 아내다움은 물론 사랑받는 남편, 사랑받는 아내의 길도 아름다운 감정에 있다. 아름다운 감정은 가정의 즐거움과 행복의 원천이 된다. 감정이 아름다운 부부는 생활 자체가 아름다워지기 때문에 평생 동안 서로에게 사랑과 아낌을 받는다.

요즘은 개인 중심의 문화가 확산되다 보니, 결혼을 하면 한동안은 부부 단둘만의 즐거움과 행복만을 추구하는 경우가 많다. 그러나 그 기간에서 벗어나면 부부는 더 성장할 것이다. 양가의 부모 및 가족들과 사랑을 나누며 기쁨을 주고받는 개방적인 가정으로 나아가면 더 좋다. 그리고 세월이 지나면 이웃과 사회에 대해서도 개방적이며 더불어 사는 자세로 넓혀가야 한다. 그

것이 연애에서 결혼을 거쳐 사회로 향하는 가정의 길이다.

처음에는 사랑과 행복이 무엇보다도 그리워진다. 그러나 자녀들이 태어나고 이웃과 더불어 살게 되면 행복과 함께 영광스러운 가정으로 발전하기를 바라게 된다. 주변에서 그런 가정을 보면, 사회를 향해 있는 가정의 의미가 무엇인지 느껴지기 때문이다. 사람들은 그것을 성공한 가정이라고 평하기도 한다.

그 영광스러운 결혼과 가정은 어떻게 이루어지는가. 무엇으로 이웃과 사회에 봉사했는가에 따르는 대가인 것이다. 열심히 일하고 봉사하는 가정이 안으로는 기쁨을, 밖으로는 영예로움을 누리는 법이다.

이름 없이 자란 아들이 올림픽에서 금메달을 땄다든지, 딸이 각고의 노력 끝에 세상에 널리 알려진 연주가가 되었다면 그 부모의 행복과 영광은 비할 바 없이 큰 것이다. 물론 부부 중의 한쪽이 그런 인물이 되었다면 말할 것도 없다.

나는 어렸을 때 부친께서 남겨주신 말씀을 지금도

기억하고 있다.

"사람이 나와 내 가족만을 생각하면서 산다면 그 사람은 그 가정만큼만 커질 수 있다. 같은 사람이 직장과 이웃을 위해 최선을 다한다면 직장과 지역사회의 지도자만큼 자라게 된다. 그러나 항상 민족과 국가를 위해 애쓰는 사람은 그 민족과 국가의 지도자로 성장할 수 있는 것이다."

이런 생각을 하면 우리는 새로운 의문을 던지게 된다. "결혼에도 어떤 목적이 있는가?" 하는 것이다. 남들이 모두 결혼을 하니까 나도 하고, 또 결혼하고 싶은 욕망이 있으니까 결혼을 한 것뿐이지 결혼에 무슨 목적이 있느냐고 반문하는 사람도 있을 것이다.

작은 일에도 목적은 있기 마련인데 결혼과 같이 중대한 일에 목적이 없어서야 되겠는가. 오직 그 목적이 너무 당연하고 큰 것이기 때문에 잊고 있는 것이 아니겠는가.

예를 들면 행복도 그 하나의 목적이며, 사랑 자체의 성장이 곧 목적일 수도 있다.

그러나 생각해보면 결혼을 하게 되었다는 것은 가정을 가진 사회인으로서 인생에 주어진 값있는 일을 하겠다는 출발을 뜻하는 것이다. 결혼을 하기 전에도 주어진 일이 있었지만 결혼을 한 후에는 가정적인 책임과 더불어 그 주어진 임무에서 성공과 영광을 누리겠다는 의지가 더 확고해졌음을 누구나 인정하게 되는 것이다.

결혼을 할 자격을 갖춘다는 것 자체가 그런 일과 일에 따르는 보수로 가정의 생활을 책임진다는 뜻이기도 하다. 그래서 남편은 아내의 협조와 조언을 얻어 더 값있고 보람 있는 일에 헌신하게 되고, 아내는 남편의 뒷받침을 받아 더 많은 일을 계획하고 실천하게 되는 것이다.

현대사회에서는 부부 모두가 자신의 능력을 펼치며 일하는 것이 당연하다. 사회에서의 일과 책임의 비중은 남성에게, 가정에서의 일과 책임의 비중은 여성에게 더 크게 있다고 여겼던 지난날과는 달리 지금은 그렇지 않다. 자녀 양육도 남편과 아내의 공동 책임이 되었다.

일의 범위가 넓어졌을 때를 생각해보자. 국제적으로 활동하면서 돌아다니다가도 가정으로 돌아와 안식을 얻고, 온 가족이 멀고 가까운 곳에 흩어져 일하다가도 집에 돌아와 재출발의 힘과 의지를 다짐하게 된다. 밖에 나가서는 일을 하고 집에 돌아와서는 안식을 취하는 것이 결혼과 가정의 길이었던 것이다.

동양에서는 '家庭(가정)'이라는 한자를 써왔다. 집은 머무는 곳이고 뜰은 일하는 고장이다. 농경 사회의 결혼은 함께 살면서 함께 일하는 성인의 자격을 갖추는 것이었다. 집의 공간은 지금도 마찬가지지만, 일터로서의 뜰은 크게 넓어졌다. 직장과 사회가 일을 위한 공간으로 확대되고 있다.

그리고 일터를 찾아 집을 옮기거나 일이 다르기 때문에 한집에 살지 못하는 경우도 얼마든지 있다. 일이 더 큰 비중을 차지하기 때문이다. 주말부부라는 말도 있으나 남편과 아내가 다른 나라에서 일하는 가정도 있다. 남편은 미국에서, 아내는 한국에서 일하는 가정도 있고, 남편은 한국에, 아내와 가족은 미국에 있는 가정도 많다.

결국 결혼은 더 보람 있는 일을 위한 사랑의 결합인 셈이다. 일의 대가는 사회적인 보람을 안겨주기 때문이다.

그리고 결혼의 가장 큰 목적의 하나는 자녀들을 훌륭하게 키우는 일이다. 그것은 결혼의 열매면서 가정의 발전인 것이다. 간혹 자녀가 없는 부부가 있더라도 자녀를 입양하여 키우는 것이 가정의 행복과 결혼의 목적을 성취시키는 길일 수 있다.

우리는 혈연사회를 이어왔기 때문에 아직은 입양 문화가 익숙하지 않을 수도 있으나 앞으로는 자녀를 키움으로써 부모의 의무를 다하는 것이 결혼의 의무임을 자연스럽게 받아들이는 시대가 찾아올 것이다. 그것은 결혼의 본질적 의미를 성공으로 이어가는 필수적인 길이기 때문이다.

자녀를 반듯하게 키워 사회인으로 내놓는 일보다
더 중요하고 보람된 고생이 어디 있는가!

행복이 자라는 가정

    나는 비교적 많은 자녀를 키웠다. 어떤 의도나 목적이 있어서는 아니었다. 우리 시대는 대부분 그렇게 살았다. 같은 과에 근무했던 구본병·배준호·조우현 교수 등도 여섯 자녀를 키우고 있었다. 그 때문에 후배 교수들의 달갑지 않은 평을 듣기도 했다. 그들은 자녀가 하나나 둘이었기 때문이다. 한둘도 힘든데 왜 저렇게 많이 낳아 고생하는지 모르겠다든지, 지금은 다남(多男)의 시대가 아니라는 반응이었다.

    사실 자녀가 많은 우리끼리 만나면 후회스러운 얘기

를 하는 때도 없지 않았다. 나는 2년 간격으로 여섯 명을 키웠기 때문에 큰애들은 비슷한 나이의 동생들과 함께 다니는 것을 쑥스럽게 생각하는 것 같았다. 게다가 딸이 넷이기 때문에 내 모친도 걱정을 했다.

"나는 3남 3녀를 두었는데, 너는 딸이 너무 많은 편이다. 어떻게 다 공부시켜서 시집보낼 작정이냐?"

어머니는, 옛날에는 4남 2녀가 가장 자랑스럽고 최근에는 3남 1녀가 가장 소망스러운 자녀의 수라고 믿고 있었던 것 같다. 할머니는 집에 손님들이 와서 자녀가 몇이냐고 물으면 둘 반이라는 대답을 하기도 했다. 아들이 둘, 딸이 하나인데 딸은 2분의 1로 여겼다는 것이다.

정부에서 한때는 인구 증가를 우려해 가족계획을 장려했었다. 요즘은 일할 수 있는 인구가 줄어들고 고령화사회가 되었으니, 좀 더 많은 자녀를 낳아 키워주기를 바라는 세태다. 그래도 다산의 시대는 지난 것 같다. 자녀를 많이 낳아 고생할 필요가 없다고 말한다. 옛날처럼 자식들의 효도와 도움을 받는 것도 아니다. 그 대신 자녀들을 양육하는 데 따르는 고생은 이만저만이 아니다. 오죽하면 무자식이 상팔자라는 말이 나왔겠는가. 또 자녀들을 제대로 키우며 공부시키기란 얼마나 어려운 일인가. 출산의 고통도 그렇다. 어떤 이들은 차라리 입양을 하는 편이 더 편하게 자녀를 갖는 길이라고 생각하기도 한다.

우리 시대에 비하면 자녀관이 많이 바뀌었다. 그 결과 몇 가지 모순을 일으키기도 했다. 한때 독일과 일본에서는 자녀를 많이 낳아 번성하는 것이 애국이라고 했다. 국민, 특히 장정의 수가 많아야 다른 나라를 군사력으로 정복하고 잘살 수 있다는 주장이었다. 요즘은 고령 인구는 늘어나는데 일할 수 있는 청장년의 수가 적어 경제 발전이 어려우며 일하는 세대의 부담이 커진다고 걱정들이다. 많아서 걱정했던 것이 엊그제 같은데 이제는 적어서 큰일이라는 우려. 일부 미국인들은 흑인과 유색인종은 다산하는 편이고 백인은 출산을 기피하기 때문에 세월이 지나면 아메리카는 흑인이나 유색인종이 차지할 것이라고 말한다.

이런 불필요한 얘기를 무엇 때문에 하는가?

나는 우리 사회의 가정 및 가족 관념에 한 가지 잘못이 있다고 생각한다. 우리 주변의 가정과 가족 관념은 지나치게 폐쇄적이며 이기적이다. '나'라고 하는 개체와 가족이라는 집단을 지나치게 강조하면서 사회인이라는 더 큰 삶의 영역을 망각하고 만다.

가정은 행복의 산실이어야 한다. 가능하면 많은 즐거움을 찾아 누리고 고생과 고통을 줄여가자는 잠재적인 의식이 깔려 있기 마련이다. 여성의 입장에서 본다면 다산은 큰 고통일 수 있다. 남성의 입장에서 생각하면 자녀의 양육이 감당하기 어려운 부담이다. 또한 자녀가 많을수록 부부간의 쾌락과 행복은 줄어들 수 있다.

3남 1녀가 이상적이라면 남성의 3분의 2는 독신자가 되어야 한다. 많은 사람이 어려운 공부와 사회적 부담은 사위나 며느리에게 맡기고 내 아들딸들은 편하게 키울 수 없을까 생각한다. 나는 사위 셋이 의사고 하나는 법관이다. 자연히 그렇게 된 것이다. 친구들은 내가 아들딸들은 고생시키지 않고 득을 본다고 농담을 한다. 내 후배 교수의 외아들이 의과대학에 입학했을 때, 그는 아들이 의사가 될 거라고 자랑을 했다. 그 얘기를 들은 내 친구가 웃으면서 말했다.

"김 선생은, 아들딸들은 취미에 맞는 공부를 시키고 사위들은 의사로 맞아들였는데, 그런 처세술을 좀 배우시게."

가정에는 또 하나의 중대한 사회적 책임이 있다. 좋은 인재들을 키워 사회에 기여해야 한다는 점이다. 가정은 행복의 산실인 동시에 존경과 영광의 시발점이다. 가정은 사회의 모범이 되고 사회적 존경과 영광을 누릴 수 있어야 한다. 그러기 위해 개방적이며 봉사적인 정신도 있어야 한다.

성경에서 예수의 모친과 형제들이 전도 생활을 하는 예수를 찾아와 집으로 돌아갈 것을 권한다. 옛날과 같은 즐거움과 행복을 되찾아 살자는 뜻이었다. 그때 예수는 누가 내 부모 형제냐고 반문했다. 폐쇄적 안일과 이기적 행복을 목적으로 삼는 가정은 진정한 가정이 될 수 없다는 뜻이었다.

존경받고 영광스러운 가정이 된다는 것은 가족의 봉사 정신과 일치한다. 훌륭한 일꾼을 많이 키워서 사회에 내보낼 수 있다면 자녀의 수가 많다고 해서 걱정할 필요가 없으며, 사회도 그 가정을 폄하하지 않을 것이다. 세계적인 운동선수를 배출한 가정이라면, 보람 있는 기술자나 과학자를 낸 가정이라면, 그가 셋째 넷째 자식이었다고 해서 무엇이 잘못이겠는가. 오히려 그런 자녀를 키워 사회적 일꾼으로 성장시킨 부모와 가정이 존경을 받음이요, 영광을 누려 마땅하다.

사실 자녀를 반듯하게 키워 사회인으로 내놓는 일보다 더 중요하고 보람된 고생이 어디 있는가! 모든 부모는 내 아들딸들이 내가 못다 한 일들을 해주었으면 좋겠다는 염원을 갖고 있다. 그런 점에서 나는 사회에 크게 이바지한 자녀는 두지 못했으나, 사회와 직장에서 나름대로 열심히 일하면서 책임을 감당하는 존재로 키워낸 것을 후회하지 않는다.

나는 그들이 맡은 바 책임을 다하며 더 크게 봉사할

수 있기를 기원한다. 자랑스러운 바도 없으나 부끄럽게 여기지도 않는다. 아이들 모두가 주변에 뭔가를 나누면서 살고 있기 때문이다.

그런 점에서 여러 자녀를 키운 것을 후회하지 않는다. 그 일을 맡아 이끌어주었던 아내에게도 고마운 마음을 갖고 있다.

어머니께서 돌아가신 이후에
닭똥집은 나에게서 영원히 떠나갔다.
아무래도 미국에서 먹던 닭똥집은
우리 어머니께서 몰래 빼내어 내 그릇에 놓아주시던
그 사랑스러운 맛은 아니었던 것일까.

닭똥집 사랑

　수십 년 전에 미국에서 홀로 자취하던 시절의 이야기다. 저녁때마다 무엇을 먹을까 정하는 일이 가벼운 숙제같이 느껴지던 때가 있었다. 상점 문을 열고 들어서면서 오늘은 오래간만에 닭고기를 먹어보았으면, 하는 생각이 들었다. 그러나 닭고기의 어느 부분을 사느냐가 늘 문제였다. 미국에 가면 닭 다리나 등골 고기는 버석버석해서 아무 맛도 없었다. 솜을 씹는 듯한 텁텁한 맛이었다. 값도 싼 편이었지만, 날갯죽지가 더 좋을 것 같았다.

닭 날개를 사 먹을 때마다 떠오르는 기억이 있다. 나의 지인 H에게서 들었던 얘기다. 원앙같이 다정하게 살던 H가 미국으로 떠날 때, 그의 부인이 반지를 끼워 주면서 3년 뒤에 돌아올 때까지 한 번이라도 빼면 안 된다고 신신당부를 하더라는 것이다. 반지가 없으면 미국에서 미혼자로 알고 여자들이 덤벼들 것이라 여겼던 모양이다.

그리고 몇 가지 부탁한 농담조의 주의 사항 중에는 절대로 닭 날개를 먹으면 안 된다는 말도 있었다. 통념상 틀림없이 바람을 피우게 될 것이라는 믿음이 있었을 것이다. 그런데 H는 닭 날개를 무척 좋아하는 편이었다. 내가 얻어먹은 것만도 열 번이 넘었으니 그 수가 짐작이 간다. 먹을 때마다 부인에게 미안함을 느꼈다던 이야기다.

이런 생각에 속으로 미소를 지으며 고기 진열대 앞으로 갔다. 역시 날개가 제일 먹음직하고 싼 편이다. 그런데 그 뒤에 보이지 않던 것이 눈에 띄었다. 커다란

비닐봉지에 닭똥집이 가득히 들어 있는 게 아닌가. 정가를 보니 날개의 3분의 1도 안 되는 값이다. 맛은 날개보다 좋을 것이고 값도 쌀 뿐 아니라 그 수도 서른 개는 넘을 듯했다.

오늘은 운이 터진 날이라고 생각하면서 집으로 돌아왔다. 이것을 다 먹는다면 닭 수십 마리를 먹는 셈이지 않은가.

내가 닭똥집을 좋아하게 된 데는 어머니 생전의 숨은 뜻과 수고가 있다.

가난한 농촌 살림이지만 1년에 두세 번씩 닭을 잡는 일이 있었다. 어머니께서 친히 닭을 치고 계셨기 때문이다. 그러나 닭을 잡을 적마다 똥집은 으레 내 것으로 정해져 있었다. 혹시 내가 없을 때는 손아래 남동생의 차례가 되었을지 모르지만 그것은 5년에 한 번도 있기 어려운 일이었다. 내가 없을 때는 닭을 잡을 리 만무했고, 잡으면 똥집은 반드시 내 것이었으니 말이다.

어머니께서 똥집을 내게 골라주시면서 하는 말씀이 있었다.

"전에 너의 할머니는 닭을 잡으면 꼭 똥집을 너의 아버지에게 주셨단다. 똥집이 제일 맛도 있지만 그것을 먹으면 닭 한 마리를 다 먹는 것과 마찬가지로 몸에 좋다더구나……."

나는 우리 집 맏아들이며 몸도 성하지 못했으니 똥집이 내게로 오는 것은 불문율이 될 수밖에……. 아닌 게 아니라 닭똥집의 맛은 다른 것에 비할 바가 아니니, 알맞게 질기기도 하고 적당히 구수한 맛도 있다. 닭 한 마리에 똥집이 하나밖에 없다는 것이 유감일 뿐이다. 똥집이 이같이 맏아들의 몫이고 보니 다른 동생들은 똥집 맛을 보지도 못하고 자랐을 것이다. 아마 우리 누님도 시집을 갈 때까지 똥집 맛은 한 번도 못 보았을 것으로 짐작된다.

이 대단한 특권은 오래 계속됐다. 어머니 평생에 닭을 잡기만 하면 똥집은 내 것이었다. 어머니께서는 꼭 그렇게 해야 맘이 편하셨던 모양이다. 우리 애들이 할머니에게 항의를 제기하는 때도 있었지만 어머니는 "애들은 똥집을 먹으면 머리가 나빠진대도……" 하시면서 꼭 내 그릇에 넣어주셨다. 학교에 다니는 녀석들이라 머리가 나빠진다 하니 할 수 없이 기권할 수밖에……. 그러나 어머니께서는 살아 계시던 내내 당신이 주는 똥집을 내가 먹어야만 좋아하시는 눈치였다. 이래저래 똥집과의 인연이 깊어만 가는 인생이었다.

그런데 언젠가부터 이러한 가문의 불문율이 깨지기 시작했다. 그 파괴자는 다름 아닌 내 아내였다. 어떤 때는 국그릇을 다 들추어봐도 똥집이 없는 때가 있었다.

"헉, 똥집이 없다! 이번 닭은 어디가 아픈 닭인가?" 중얼거리며 아내의 눈치를 살핀다. 아내의 표정은 마치 '흥, 어머니께서 안 계시는 줄 모르는군!' 하는 얼굴이다. 나는 똥집이 누구 그릇에 들었는지 슬며시 살펴봤다. 역시 틀림없다. 큰아들 녀석의 국그릇 속에 들어가 있는 것이었다. 좋아서 싱글거리는 표정을 보면 물을 필요도 없다.

그때마다 나는 생각했다.

'역시, 우리 한국의 어머니들이란…….'

말할 것도 없이 어머니께서 돌아가신 이후에 닭똥집은 나에게서 영원히 떠나갔다.

한국이나 동양의 가족 문화는 오랜 세월 종적(縱的)인 형태를 이어왔다. 할아버지, 아버지, 아들, 손자 중심의 계통이 철칙이었다. 그래서 어머니도 똥집은 나에게 주셨고, 아내도 똥집을 아들아이에게 주었던 모양이다. 다들 그것이 선하고 아름다운 전통이라 여겨왔을 것이다. 그래서 그런지, 내가 오래전에 미국에 가서 지내던 시절만 해도 서양 사회는 어쩌면 그렇게 횡적(橫的)이며 부부 중심일까, 하는 생각이 자주 들었다. 늙은 부모가 연금을 받으며 양로원에서 소일하는 것은 당연하고, 초대받지 않았다면 자식의 집에 가기를 꺼리는 문화가 처음에는 놀랍게 느껴졌다. 아들 자랑을 한 시간씩 늘어놓던 어머니도 실제로는 마치 이웃 사람을 대하듯이 아들을 대했다.

서양인들은 아이가 태어나도 대체로 같은 방에서 데리고 잠들지 않는다. 그러고는 자라다가 제 뜻대로 결혼해 가정을 이루면 서로 독립하게 되니, 아무래도 그들은 부부간이 좀 더 다정하며 살뜰해지는 문화였으리라 짐작한다.

나이아가라폭포를 구경할 때였다. 한 쌍의 부부가 팔짱을 긴 채 앞장을 서고 어린아이들 셋은 자기들끼리 알아서 손을 붙잡고 뒤따라가고 있었다. 큰 녀석이 열 살이나 되었을까, 모두 어린아이들이었다. 그 당시만 해도 뒤따라가던 나는 그게 참 이상하다고 생각했다. 마침 필름이 떨어져 사진을 못 찍어둔 것이 유감일 정도였다. 그때만 해도 아이들을 따로 걷게 하고 부부가 손을 잡고 거니는 모습을 보면서, 확실히 부부 중심의 사회라는 생각이 들었던 것이다.

미국인들은 닭똥집을 그리 좋아하지 않는 모양이다. 그러니까 값이 싸고, 사는 사람도 없어 때로는 버리는 것이 아니겠는가. 그러나 그들이 닭똥집을 좋아하게 된다면 장가들기 전의 큰아들은 애당초부터 똥집을 단념해야 할 것이다. 맛있는 것은 우선 부부끼리 먼저 나누어 먹고, 남는 것이 없으면 자식에게는 차례가 돌아가지 않을지도 모르니 말이다.

한국에서도 이런 분위기는 이미 익숙하다. 먼 옛날의 대가족제도가 소가족제도로 바뀌었고, 이제는 2인 가족, 1인 가족의 시대에 진입하지 않았는가. 아버지에서 아들로 이어지던 생활의 문화가 부부 중심의 생활로 바뀌었다. 물론 모두 장단점이 있을 것이다. 그러나 세대 의식과 사회가 바뀌어가고 있는 것만은 사실이다. 생전의 내 아내는 내게 오던 닭똥집을 큰아들에게 주었지만, 내 아들이 자식을 키우면서 그리했을지는 의심스럽다.

이제는 아내가 남편에게 닭똥집을 먼저 건네는 시대로 건너가고 있다. 과거에는 우리 어머니께서 오래 사셔야 한다는 생각만을 중요히 여겼다면, 이제는 우선 아내부터 아껴야 한다는 생각이 더 강한 시대이며, 아들에게는 의무와 인격으로 대하면서도 남편에게는 사랑과 미소로 대하는 시대라고 해도 과언이 아니다.

왜 그런지는 몰라도, 어머니에게서 똥집을 얻어먹다가 아내를 통하여 그 몫이 아들에게로 넘어가던 그 시절의 웃음이 참 행복했다는 생각을 가끔 하곤 한다. 일찍이 서양인들이 '나' 자신을 본위로 하는 가정을 세우며 합리성을 찾아왔지만, 우리는 아무래도 '우리'가 터전이 되는 가정 속에서 정을 느껴왔기 때문일 것이다.

이런 생각을 하면서 홀로 닭똥집을 요리해 먹었다. 그러나 그중의 몇 개나 먹었는지 이제는 기억이 없다. 아무래도 미국에서 먹던 닭똥집은 우리 어머니께서 몰래 빼내어 내 그릇에 놓아주시던 그 사랑스러운 맛은 아니었던 것일까. 너무 많아서 먹을 수 없었는지도 모르지만…….

나를 위해서는 에로스적 감정을 떠날 수 없으나
상대방을 위해서는 아가페적 희생정신을
선택할 수도 있는 것이 사랑이다.

사랑, 그 완성의 의지

사랑만큼 다양한 의미로 쓰이는 개념은 적을 것 같다. 백 사람이 사랑이라는 같은 말을 사용했을 때 그것이 뜻하는 내용은 모두 다를 것이다. 그렇게 애매한 말이기 때문에 비논리적이라는 비난을 받을 수도 있으나, 그로 인해 내용의 풍부함이 더해질 수도 있는 것이다.

데카르트가 "나는 생각한다. 그러므로 나는 존재한다"라는 유명한 명제를 남겼으나, 실은 "나는 사랑한다. 그러므로 나는 존재한다"라고 할 때 더 적절한 인간적 삶의 표현이 될 수 있다.

지금 우리가 취급하는 사랑은 인간관계에 있어서의 사랑이다. 자연을 보호하고 사랑하는 사람도 있다. 학문이나 예술을 사랑하는 사람도 있다. 조물주나 절대자를 사랑하는 종교인들도 있다. 그렇다고 해서 그 모든 사랑의 문제를 취급할 수는 없다. 그런 사랑의 행위가 직간접적으로 인간관계와 연결될 때, 우리의 문제가 되는 것이다.

사랑은 인간적인 것이다. 그 사귐과 인간관계가 신을 통해서 이루어질 수도 있고 자연을 계기로 넓어질 수도 있다. 예술이나 학문도 인간적 의미와 관계에서 그 자리를 찾으며 뜻을 더하게 되어 있다.

그렇다고 해서 인간관계로서의 사랑도 동일하거나 객관적 기준을 갖는 것은 아니다. 백 사람이 제각기 다른 사랑의 생활을 하다가 인생을 끝내도록 되어 있는 것이다.

오직 우리가 짐작할 수 있는 것은, 사랑은 지성이나 이성의 과제이기보다는 느낌이나 심정의 내용이라는 것이다. 인(仁)이나 자비(慈悲)가 모두 심정적 비중을 갖는 것이다.

사랑은 합리적 추리나 논리적 사고를 통해서 밝혀지기보다는 체험과 경험의 내용을 반성하거나 회상해봄으로써 깨닫게 된다. 부모가 되어보지 못한 사람은 부모의 사랑을 충분히 알기 어렵다. 직접 체험해보지 못했기 때문이다. 오늘의 젊은이들은 일제강점기 애국지사들의 뜻을 피부로 느끼기 어렵다. 경험한 사실이 없기 때문이다.

그래서 폭넓은 사랑을 해본 사람이 풍부한 삶을 갖게 되어 있으며, 사랑의 깊이와 높이를 알기 위해서는 진정한 사랑을 체험하지 않으면 안 된다. 우리는 그 대표적인 인물로 공자, 석가, 예수 같은 사람을 존경하는 것이다.

사랑은 받아본 사람이 하게 되어 있다는 것도 사실이다. 사랑을 받기만 하는 사람도 없고 주기만 하는 이도 없다. 주고받는 데 다소의 차이는 있을 수 있으나 사귐이 그러하듯이 사랑도 주면서 받도록 되어 있는 것이다. 그리고 그것이 인간적 삶인 것이다. 완전히 고립된 삶이라면 사랑은 머물 곳이 좁아진다. 고독은 사랑이 없는 병이라고 말해도 틀리지 않을 것이다.

젊은 세대에게 사랑은 어떤 것이라고 생각하느냐고 물어보라. 대부분은 연인 간의 애정이라고 대답한다. 사춘기부터 결혼을 해서 인생의 안정을 찾을 때까지는 모든 관심이 연인과의 사랑으로 채워져 있기 때문이다. 그리고 그 애정은 신체적 변화와 더불어 애욕적인 본능을 동반한다.

그렇다고 해서 애정이 그 기간에만 생겨나는 것은 아니다. 프로이트의 견해에 따르면 연인과의 애정은 태어나서 죽을 때까지 지속되는 것이다. 그것 또한 사실이다. 감정적인 애욕과 애정은 평생 동안 지속된다.

그런데 이런 애정이 인간적 본능으로 흐르게 되면 애욕이 되고 이성적(理性的) 사유를 동반하게 되면 정신적인 방향으로 상승하는 것이 보통이다. 이때 중요한 역할을 담당하는 것이 신체적인 본능이다. 연인 간의 사랑은 신체적 본성을 배제할 수가 없다. 연정은 생리적 욕구와 공존하는 것이기 때문이다.

문제는 성적 욕망과 이성적 사유 중 어느 편에 더 비중이 있는가 하는 것이다. 성현으로 불리는 사람에게도 성적 욕망은 있게 마련이며, 본능적 애정에도 비판적 요소는 함께하는 법이다.

우리가 사춘기에서 결혼까지의 기간을 구별해보는 것은, 이 기간은 성적 애욕이 채워지기 이전이며 남녀가 서로 떨어져 있기 때문에 그 지향적 거리가 가장 멀면서도 긴장감을 더하는 시기이기 때문이다. 어떤 때는 그 본능이 병적으로 나타날 수도 있다. 그리움과 만족과의 거리가 너무 크게 나타나는 기간이다.

따라서 우리들의 애정과 애욕이 신체적 한계를 넘어서지 못하면 사랑이 정상적인 궤도를 벗어날 수도 있다. 변태성도 그 하나다. 의학자들이 지적하는 여러 가지 병리 현상으로까지 번질 수 있다.

우리가 연인 간의 사랑에서 정상적인 사귐과 건전한 애정을 강조하는 것은 그것이 신체적이며 본능적인 애욕의 단계를 넘어설 수 있기를 바라기 때문이다. 애욕은 애정의 전부가 아니며 애정은 인생의 전부가 아니다. 더 넓고 더 높은 단계로 승화되어 인간다운 사랑의 길을 채워갈 수가 있다.

비정상적인 애욕과 애정을 정당시하거나 예술이라는 베일로 가리면서 옹호하는 것은 우리들의 삶과 인격을 행복으로 이끌어가지도 못하며 더 넓은 사회의 건설적인 방향의 길도 되지 못하는 경우가 많다. 우리의 애욕 또는 애정의 대상에 대한 선택은 자유로울 수 있다. 그러나 더 완전하고 더 고귀한 사랑과 사귐을 해친다면 그것은 윤리적이지도 못하며 정신적 고귀성을 훼손시키는 결과가 된다.

이렇게 본다면 연인 간 애정으로서의 사랑은 이성적 사유를 동반할 수 있을 때 더 높은 애정이 되며 인간적 사귐을 더 고상한 위치로 끌어올릴 수 있다. 그것이 사랑의 내용과 의의를 충족시키는 건전한 길임을 인정해야 할 것이다.

옛날 철학자들이 에로스와 필로스를 구별한 것에는

이유가 있으며, 그 어느 하나에 국한된 사랑은 완전한 것으로 볼 수가 없다. 필로스는 이성적인 사랑, 사랑의 가치를 추구하는 또 하나의 사랑의 길이었던 것이다.

학문 중의 학문이라고 불리는 철학의 어원은 '지혜에 대한 사랑'이었다. 그때의 사랑은 에로스가 아닌 필로스였다.

물론 에로스와 필로스는 서로 분리된 개념이나 내용이 아니다. 그 중심과 비중이 다를 뿐이다. 에로스가 남녀 간의 애정을 중심으로 삼았다면 필로스는 이성적(理性的)인 우정에 더 큰 비중을 두고 있다. 지혜(sophia)에 대한 사랑이란, 삶의 가치에 대한 사랑이며 그것은 사실 에로스 못지않은 영역을 차지할 수 있다.

우리는 일단 그런 사랑을 우정으로서의 사랑으로 대신해보자.

이 우정도 태어나서 죽을 때까지 계속되는 것이다. 또 이성 간에도 애정이 아닌 우정이 존재할 수 있다. 옛날처럼 남자와 여자가 따로 학교에 다닐 때에 비하면 요사이 학생들에게 남녀 사이의 우정은 일상이 되어 있다. 사실 '남녀칠세부동석'을 믿던 시대에는 남녀 간의 우정은 있을 수 없는 것으로 생각되기도 했다.

우정의 특징은 이성(理性)적이기 때문에 혈연이나 지연 또는 학연 같은 것을 초월할 수 있다. 내 가족이나 형제간에는 우정보다 본래부터 맺어져 있는 본연적인 사랑이 앞선다. 그러나 우정은 가족이 아닐 때, 같은 고향이나 민족이 아닐 때도 가능하며 그것이 더 큰 뜻을 가지기도 한다. 큰 뜻이란 힘 있는 의미를 지닐 수 있다는 것이다.

간디는 프랑스의 작가 로맹 롤랑과 깊은 우정을 나눴으며, 미국의 사진작가 던컨이 피카소의 사생활을 사진으로 남긴 것으로 보아 이를 짐작할 수 있다. 괴테와 실러의 우정은 널리 알려진 이야기다.

그렇다면 애정은 성이 다르기 때문에 본능적으로 싹틀 수 있으나 우정은 뜻이 같기 때문에 탄생한다고 볼 수 있다. 같은 생각과 뜻, 비슷한 인생관과 가치관이 있기 때문에 사귐과 공존의 우정이 성립되는 것으로 보아야겠다. 따라서 우정은 정신적 애정이므로 선택의 여건이 더 많다고 볼 수도 있다. 애정은 한 상대를 위하는 것이나 우정은 그 대상을 넓혀가는 것이 보통이다.

그리고 우정은 인격적 평등 관계를 동반한다는 점에서 높은 의의를 갖는다. 참다운 우정은 직업의 차이, 계급의 상하, 인종적 편견, 나이까지도 넘어설 수 있다. 외국 영화를 보면 40대의 어른과 10대의 어린이가 악수를 하면서 이제부터는 친구가 되자고 말한다. 그 속에는 두 사람 사이의 온갖 격차를 떠나 평등한 사랑의 관계를 맺자는 뜻이 숨겨져 있다. 우정을 체험한 사람은 서로가 동등한 관계에 있음을 자연스럽게 인정한다.

공자가 멀리서 친구가 왔는데 어찌 기쁘지 않겠느냐고 한 표현이나 예수가 이제는 너희들을 내 제자가 아니라 친구로서 대하겠다고 한 것은 같은 위치에서 함께 나아가자는 뜻을 포함하는 평등 관계를 말하는 것이다. 그래서 혈연관계는 애정으로 나타나지만 우정은 뜻과 의지의 관계이므로 애정보다 높이 평가받기도 한다.

옛날부터 어진 아내를 만나면 행복해지고 좋은 친구

를 사귀면 성공한다는 말이 있다. 우정은 애정 못지않은 삶의 필수 여건인 것이다. 따라서 결혼을 하지 않은 사람도 친구와의 우정에서 큰 기쁨과 보람을 얻을 수 있다. 요사이는 이성 간의 우정을 애정보다 소중히 여기는 사람들도 적지 않다. 우정의 결과가 애정의 결과보다 가치 있게 나타나기 때문이다.

이렇게 본다면 우정은 인생의 의미와 가치를 창출해내는 또 하나의 소중한 사랑의 요소라고 보아야겠다. 애정의 폐쇄성을 우정의 개방성으로 높여갈 수도 있다는 것은 바람직하기도 하다.

어떤 사람들은 지금까지 언급한 사랑 이외에 또 다른 사랑도 있을 것 같다는 생각을 할지 모른다.

많이 알려져 있는 아가페의 사랑이다. 아가페라는 말은 그리스어다. 그러나 기독교 초창기로 들어오면서부터 본격적으로 쓰이기 시작해 지금에 이르고 있다.

기독교 신학자로 알려진 안더스 니그렌은 『아가페와 에로스』라는 방대한 연구 저서를 남겼을 정도다. 오히려 필로스보다는 이 두 개념이 더 폭넓은 위상을 차지하고 있기도 하다. 인간적인 사랑과 종교적인 사랑을 염두에 두었을 때의 비교다.

그러나 우리는 성서적인 아가페보다는 또 하나의 정신 및 삶의 영역을 인격적 사랑의 단계로 받아들여야 한다. 에로스와 필로스를 새의 두 날개로 본다면 인격적 사랑은 정서적인 것과 이성적인 것을 포함한 전인적인 사랑으로 보고, 창조의 기능과 삶의 방향 및 목표까지도 제시해주는 사랑의 전체적 위상이라고 생각하는 것이 바람직하다.

사실 우리가 본능적으로 애욕과 애정을 갖고 태어난 데도 어떤 목적을 위한 기능이 있었을 것이다. 동물도 그 때문에 종족을 보존하며 번식을 계속하고 있다. 애욕과 애정은 그 본래성에 닫혀 목표 의식을 모르고 있을 뿐이다. 이에 비하면 우정은 어떤 뜻과 목적이 있어 사랑의 동지 의식을 이루게 되는 것이다. 미래지향적인 뜻이 없다면 참다운 우정은 성립되지 않는다.

만일 그 둘을 포함하면서도 전인적인 사랑의 뜻이

있다면 그것은 인격 대 인격의 사랑이라고 보아야겠다. 그리고 이러한 인격적 사랑은 애정이나 우정을 포함하면서도 그것들을 지탱하는 주체로서의 사랑이 될 것이다. 인격은 사랑의 주체이기 때문이다.

아가페가 갖는 두 가지 뜻은 초인간적인 사랑과 자기희생까지도 받아들이는 사랑을 가리키고 있다. 만일 어떤 사람이 "인간은 유혹과 죄악에 빠져 진정으로 이웃을 사랑할 능력을 상실하고 있다. 하나님의 사랑과 예수의 사랑을 본받아 인간애를 실현하는 길이 남아 있을 뿐이다"라고 말한다면 그것은 에로스나 필로스의 위치를 초월한 사랑의 길이 되는 것이다. 인간적 사랑에 위로부터 주어지는 초인간적 사랑까지 포함시키려는 의도인 것이다.

뿐만 아니라, 애정의 문제도 중요하고 우정의 책임도 막중하지만 때로는 그것들을 완성시키기 위해서 나 자신을 주며 희생하는 사랑도 있어야 한다고 주장한다면 그것은 어렵지만 훌륭한 일임이 분명하다. 그런 사랑은 애정이나 우정을 초월한 인격적 선택과 결단에서 이루어지는 것이다. 애정은 이기적인 방향으로 흐르기 쉽고 우정은 가치를 추구하는 길을 모색하게 되나, 자신을 부정함으로 대의를 따르고 이웃과 사회를 위해 스스로를 희생시키려는 노력은 더 높은 사랑의 길이 아닐 수 없다. 그것은 우리의 요청이었고 또 실제로 존재하는 사랑의 길이기도 했다.

그리고 인류와 역사의 과업들은 그러한 사랑의 원동력으로 추진되며 성취되었던 것이다. 진정한 의미의 사회봉사를 하는 청소년들의 마음에서부터 종교와 역사의 순교적 사명을 수행하는 사랑의 행위는 모두 이런 영역에 속하는 것이다.

인격은 항상 자기를 부정하면서 스스로를 초월해가는 능력을 갖추고 있기 때문에 이러한 사랑을 인격적 사랑이라고 정의 내리는 것은 잘못이 아니다. 그리고 우리는 이런 사랑에도 동참할 의무와 권리를 갖고 있다. 사회와 역사는 뜻 있는 사람들의 희생적인 정신으로 채워져온 것이다.

이렇게 세 단계의 사랑을 정리해보았으나, 그래도

우리는 사랑이 어떤 성격과 본질을 갖고 있는지 묻지 않을 수 없다. 사랑에 대한 느낌과 생각이 제각기 다르다고 해도 거기에는 어떤 공통된 내용과 뜻이 내재해 있음에는 틀림이 없다.

우리는 그 핵심적인 내용을 두 가지로 구별해볼 수 있다.

하나는, 사랑은 공생(共生) 및 공존(共存)의 감정을 기반에 두고 있다는 견해다.

사랑하는 사람은 항상 사랑하는 상대와 함께 있기를 원하며 더불어 살기를 바란다. 그래서 사랑하는 사람들이 가장 싫어하며 두려워하는 것이 이별이다. 여기에는 어떤 사랑도 예외가 없다. 연인들이 연애 기간 동안 꾸준히 원하는 것은 결혼이다. 서로 떨어져 있는 삶을 하나로 묶어두려는 감정적 염원이다.

따라서 사랑하는 사람들의 이별은 누구도 원하지 않으며 죽음을 최대의 비극으로 보는 것도 죽음이 최후의 이별인 까닭이다. 사랑이 클수록 삶을 함께하려는 의욕도 강해지는 것이다.

에로스적인 애정은 신체적 여건을 동반하기 때문에 공존의 정과 의지가 더욱 강하다. 이별을 전제로 한 애정은 죽음보다 비참할 수 있다.

우정도 그렇다. 신체적으로 함께 있기를 바라는 감정은 에로스만 못하지만 정신적 공존의식은 더욱 강하다. 독일의 괴테와 실러는 직접 만나기보다는 정신적 사귐을 누구보다도 돈독히 유지했다. 괴테가 죽음에 임박했을 때 "저기 실러의 편지가 굴러가지 않느냐!"라는 헛소리를 했다고 한다. 사실보다는 환상이었을 것이다. 그만큼 정신적 공존을 바라는 것이 우정이다.

그것은 아가페에 있어서도 마찬가지다. 아우구스티누스는 기도를 드리면서 "떨어져 있으면 한없이 그리우나 가까이 가면 나의 죄 때문에 도망칠 수밖에 없는 주님"이라는 표현을 쓰고 있다. 두려움을 느끼면서도 멀리할 수 없는 것이 진정한 사랑의 고백이다.

아가페는 내가 위하고 섬기며 나를 주고 싶을 정도로 상대방을 사랑하기 때문에 사랑의 대상을 떠나서는 살아갈 수가 없는 것이다. 안중근 의사에게 조국을 저버리라면 그의 삶은 없어지고 만다. 그래서 아가페적 사랑을 깨달은 사람은 "나는 사랑의 상대가 있기 때문에 살 수가 있다"라고 고백하게 된다.

만일 이런 사실들을 깨닫게 된다면 우리는 사랑의 근원적 본질이 공존의 감정을 동반하는 의지에 있다고 보아도 되겠다. 어린애들도 이별을 싫어하는 감정을 통해 그것을 잘 알고 있으며 위대한 인물들도 삶의 체험을 통해 우리에게 그러한 교훈을 전해주고 있다.

종교가 영원한 삶을 말하는 것은 사라짐이 없는, 사랑하는 대상과의 공존을 뜻하기 때문이다. 영원한 삶이란 사랑 속에서 헤어짐이 없는, 삶과 사랑의 완성을 의미하는 것이다.

사랑의 또 다른 뜻이 있다면 그것은 완성의 의지라고 하겠다.

사랑하는 연인들은 결혼을 한다. 결혼을 해서 공생이 이루어지면 좋은 가정을 꾸리며 자녀들을 키워 영광스러운 가정을 만들어가도록 죽을 때까지 노력을 거듭하는 법이다. 결혼을 통해 공생은 이루어졌지만 가정을 위한 완성의 의지는 지속되는 것이다.

스승이 진정으로 제자를 사랑한다면 그 제자들이 훌륭하게 성장하고 완성된 인격을 갖추도록 도우며 뒷받침해주고 싶은 마음을 갖게 된다. 자신보다 훌륭한 자녀들을 원하는 부모의 마음과 마찬가지로 나보다 훌륭한 제자를 키우는 것이 스승의 도리가 아니겠는가.

『논어』를 읽은 사람들은 공자가 안회를 얼마나 사랑했는지를 보면서 스승의 길을 배우게 된다. 예수가 당신의 뒤를 이어 순교의 길을 택하게 될 제자들에게 애끓는 사랑을 퍼부었던 사실을 우리는 잘 알고 있다. 제자들의 발을 몸소 씻어주었을 정도였다. 공자는 학문의 완성을 위해, 예수는 하나님 나라를 건설하기 위해 자신보다도 제자들을 더 사랑했던 것이다.

이렇게 본다면 사랑은 공존성을 원하는 감정적이며 본래적인 욕망을 넘어선 완성을 위한 의지라는 점에서 더 큰 뜻을 갖는 것 같다. 공생은 즐거움을 위한 감정이지만 완성은 사명을 다하려는 신념과 용기를 동반하는 의지이기 때문이다.

그렇다고 해서 완성을 위한 사랑이 어떤 특출한 사람들에게 국한되는 것은 아니다. 좋은 제품을 만들기 위해 일을 사랑하는 정성에서도 나타날 수 있으며, 훌륭한 작품을 위해 노력하는 작가도 그 작품을 통해 예술인으로서의 자기완성을 염원하게 된다.

이때에 중요한 것은 감정과 의지이며 기분보다도 정열인 것이다. 철학자 헤겔이 위대한 인물들의 정열이 제물이 되어 세계 역사가 이루어졌다고 본 것은 탁월한 해석이다.

만일 사랑의 본질이 공존을 위한 감정과 완성으로 향하는 의지로 이루어졌다면, 그것은 에로스에서 아가페로 갈수록 완성의 노력이 커지며 반대일 경우는 공존의 기쁨이 커진다는 상호 관계를 가질 수 있다.

그렇다고 둘 사이에 어떤 단절이 있거나 이질적인 요소가 끼어 있는 것은 아니다. 이 세 가지 사랑과 두 가지 요소가 합쳐져서 사랑의 뜻이 채워지는 것이다. 그래서 사랑에 대한 모든 사람의 생각과 견해에는 차이가 있는 것이다. 에로스적인 사랑에도 아가페적인 요소가 있으며 인격적 사랑 속에도 에로스적 요소가 포함되어 있다.

만일 누군가가 흔히 말하는 불륜의 사랑을 하다가 상대방이 사경에 빠진 것을 보았을 때 "주여, 당신께서 내 사랑하는 사람에게 새 삶을 주신다면 저는 사랑하는 사람을 떠나겠습니다"라는 기도를 드렸다면, 거기에는 에로스적인 사랑과 아가페적인 사랑이 공존해 있는 것이다.

나를 위해서는 에로스적 감정을 떠날 수 없으나 상대방을 위해서는 아가페적 희생정신을 선택할 수도 있는 것이 사랑이다.

2

더불어 사는 삶

남겨준 두 친구의 유지가
오늘의 나를 이끌어가고 있는 심정이다.

나는 두 친구가 있어 행복했다

1960년대 초반부터 철학계의 삼총사라는 말이 떠올랐다. 30~40년 동안 계속되었던 것 같다. 정신문화와 사상계에서 세 사람의 공헌이 적지 않았다. 독서계도 이끌어갔을 정도였다. 나는 두 친구를 생각할 때마다 고맙고 감사한 마음을 멀리하지 못한다.

안병욱 교수와 친분을 나누게 된 것은 1961년 여름이었다. 우연의 일치라고 할까, 함께 일본 대학에서 공부했으나 미국과 유럽을 찾아보거나 유학해본 경험은 없었다. 그해 여름, 안 선생도 미국에 가게 되었다는 소식을 전해들은 내가 초행길이니 같이 출국하자고 제안했다. 안 선생 생각은 달랐다. 여행은 혼자 해야 낭만도 있고 좋다면서 거절했다. 출국을 앞두고 미국대사관 문정관이 전해에 미국을 다녀온 교수들과 처음 출국하는 교수들의 대화 시간을 만들어주었다. 그 석상에서 한 교수가 "꼭 부탁하는데 절대로 혼자 가지는 말라"라는 충고를 했다. 자기의 경험담이었다. 그 얘기를 들은 안 교수가 내 옆으로 다가오면서 같이 가자고 제안했다.

그런데 약간 어색한 일이 생겼다. 나는 풀브라이트 시니어 장학금을 받아 비행기 일등석을 타게 되었고, 안 교수는 일반석에 앉게 되었다. 하와이를 거쳐 샌프란시스코로 갈 때까지 같은 자리에 앉을 기회가 없었다. 그것이 계기가 되어 내가 "비행기 일등석 귀빈과 삼등석 손님은 같을 수가 없지"라고 놀렸다. 안 교수는 "데리고 다니지 말걸. 불쌍해서 자비를 베풀었는데 은혜를 모른다니까……"라고 응수했다.

다음 해 봄 학기가 끝났다. 하버드대학에 와 있던 한

우근 서울대 교수와 뉴욕으로 갔을 때 다시 안 교수를 만났다. 세 사람의 일치된 계획이 있었다. 유럽을 거쳐 세계 일주를 겸한 귀국을 해보면 어떻겠느냐는 생각이었다. 나는 비행기 일등석을 일반석으로 바꾸면 충분한 여비가 될 수 있어 합의를 보았다. 안 선생이 반장 격이 되고 우리는 안 선생의 계획을 따르기로 했다. 유럽 여러 나라의 대표적인 대학과 문화시설을 살펴보며 긴 여름을 보내고 아프리카까지 동행했다. 그 기간의 우정이 일생 동안 잊을 수 없는 인연을 만들었고, 같은 학문 분야의 안 선생과는 50년에 걸친 우정과 존경심을 나누었다.

김태길 교수의 경우는 조금 달랐다. 서울대학교를 끝내고 미국 유학을 갔기 때문에 우리들보다 약간 늦게 철학계에 등장했다. 그 당시에는 연세대, 서울대, 고려대 모두에 윤리학 전공 교수가 없었다. 그래서 내가 김태길 선생을 찾아 연세대로 와달라는 요청을 했다. 김태길 교수도 동의를 했다. 큰일은 아니지만, 연세대는 같은 조건이면 크리스천 교수를 선호하는 편이므로 당분간 나와 같이 교회에 나가는 것이 어떠냐는 나의 우정 어린 제안에 몇 주간 함께 교회에 나가기도 했다. 그리고 연세대에 전임교수로 오게 되었다. 그러는 동안에 우리는 서로의 인품과 학문적 열성은 물론 가능성을 인정할 수 있었다. 김 교수는 후에 모교인 서울대로 적을 옮겼다. 그렇게 안 교수는 숭실대 철학과에서 학생들을 지도하고 김태길 교수는 서울대학교의 많은 후배를 키워내는 중책을 감당했다. 연세대학교를 떠나기는 했으나 나와의 우정은 더욱 깊어졌다.

세 대학의 세 철학과 교수가 함께 노력하는 계기가 되었다. 김 교수가 연세대를 떠난 후 아쉬운 마음이 컸으나 그 헤어짐이 오히려 철학계 발전에 도움이 되리라고는 서로 생각지 못했다. 우리 셋은 전공 분야도 비슷했고, 학문을 통한 사회적 활동과 봉사 정신에도 우열을 가릴 수 없을 정도로 공감하고 있었다. 안 교수와 김태길 교수의 교류는 좀 적은 편이었다. 그러나 나와 안 교수, 나와 김 교수의 접촉은 더 다양하게 전개되었다. 세 사람이 교수로서의 역량도 인정받았으나 사회적 기여도에서도 같은 비중을 차지했다.

학문적으로는 김태길 교수가 우수했다. 그러나 사회적 활동은 안 교수의 노력이 훨씬 컸다. 나와 안 교수는 중고등교육의 경험을 가졌고, 특히 안 교수는 사회와 지성계에 영향이 컸던 『사상계』의 편집 경험까지 갖추고 있었다. 그러나 우리를 만들어준 사회 역사적 공통점은 25세가 될 때까지 일제강점기를 보냈다는 쓰라린 경험이 안겨준 애국심이었다. 더욱이 나와 안 교수는 2년을 공산 치하에서 보냈기 때문에 대한민국에 대한 책임감이 더욱 강했다. 안 선생과 나눈 고백 중에는 "만일 대한민국이 탈북민인 우리를 품에 안아주지 않았다면, 지금 우리는 세계 어딘가에서 떠돌이 신세가 되어 있었을 것"이라는 얘기도 있었다.

그런 정신이 우리 셋을 키워주었고 교수로서의 직책을 넘어 사회적 관심과 사명을 갖게 해주었다. 부족하더라도 대한민국을 위해서라면 물러설 수 없다는 말 없는 우정이 떠나지 않았다. 김태길 교수의 아들이 철학 전공으로 학위를 마치고 귀국했을 때의 일화가 있다. 김도식 교수는 철학 중의 철학으로 인정받는 '인식론'을 전공했다. 김태길 교수는 그 아들에게 "그 학문이 한국 사회에 무슨 도움이 되느냐"라고 말했다. 윤리학은 국민의 절박한 현실을 위한 학문이라는 뜻을 밝혔던 것이다.

우리 셋은 젊었을 때 독서를 많이 한 문학도들이기도 했다. 그 영향으로 많은 저서를 남겼고 독자들의 호응을 받았다. 저서의 양이나 애독자의 수는 다른 분야의 저자들에게 뒤지지 않았다. 그리고 비교적 우수한 문장들을 남겼다. 대표적인 수상 수필가로 평가받을 정도였다.

내 두 친구는 다 세상을 떠났다. 지금도 두 친구가 남긴 마지막 전화를 잊지 못한다. 내가 김태길 교수에게 "더 늙기 전에 1년에 두세 차례라도 모여 차도 마시고 50년의 우정을 나누어보자"라고 했을 때였다. 전화를 받고 잠시 생각에 잠겼던 김 교수가 "내 생각은 그렇지 않은데, 그저 이대로 주어진 일을 열심히 하다가 때가 오면 말없이 순서대로 가는 것이 좋아요. 내 경험으로는 세상에서 가장 힘든 게 사랑하는 사람을 먼저 보내고 남는 사람의 고독과 슬픔이야. 가는 사람은 모르겠지만 보내는 사람은 힘들어……. 우리 셋 중에 누가 마지막으로 남겠어?"라면서 동의하지 않았다. 아마 먼저 갈 예감이라도 있었는지 모른다.

안 교수의 마지막 전화도 비슷했다. "요사이 이런 생각 저런 생각을 해보는데, 그저 나의 예감이야. 아무래도 김 선생이 마지막으로 혼자 남게 될 것 같아"라면서 "김 선생은 우리들보다 정신력이 강하니까 우리가 남겨놓고 가는 일들을 잘 마무리해주길 바라겠어요"라는 유언을 남겼다.

남겨준 두 친구의 유지(遺志)가 오늘의 나를 이끌어가고 있는 심정이다.

더불어 값있는 일을 할 수 있는 사람,
그가 곧 친구인 것이다.
만일 우리가 어떤 사람과 사명을 같이할 수 있다면
그것은 곧 훌륭한 친구가 되었음을 뜻한다.

훌륭한 친구의 역할

"그에게 원수는 많았으나 친구가 없었다. 그래서 그는 행복할 수 없었다."

누군가가 히틀러를 가리켜 한 말이다.

대개의 경우 유명한 사람에게는 친구가 적다. 많은 사람이 존경은 하지만 우정을 갖기에는 멀게 느껴지기 때문이다.

자기 자신을 훌륭한 사람이라고 생각하는 이에게는 친구가 생기지 않는다. 거기에는 교만이 깔려 있기 때문이다. 그런 사람은 우러나오는 존경을 받지 못한다.

교만과 존경은 같은 자리에 머물지 않는다.

훌륭한 일을 한 사람이어도 친구를 갖고 있는 이가 있다. 그는 자신이 유명하거나 훌륭하다고 생각지 않는, 성실하고 열린 마음을 가진 사람이다. 명예나 업적보다는 인간성과 평범한 삶을 더 사랑하는 사람이다.

인촌 김성수 같은 분이 그런 인물이다. 많은 사람의 존경을 받았으나 언제나 꾸밈이 없는 인간미를 잃지 않는 사람이었다. 존경을 받으면서도 친구를 가질 수 있는 사람이 행복한 사람이다.

욕심이 많은 사람은 친구를 가지지 못할 뿐 아니라 원수를 갖는 것이 보통이다. 욕심은 경쟁심을 낳고 경쟁심은 사람을 독점하려는 소유욕의 노예로 만들기 때문이다.

그런 사람들에게는 친구를 원수로 돌리는 일까지 생긴다. 권력욕의 노예가 된 사람들이 흔히 그런 결과에 빠진다. 히틀러가 그런 사람이었고 스탈린도 그러했다. 왕조시대에는 형제, 친척까지도 원수가 되어 서로의 생명을 빼앗는 일까지 있었다.

재산을 독점하기 위한 싸움, 명예를 빼앗으려는 경쟁심 때문에 원수가 되기도 한다. 점잖은 인품을 갖춘 사람들이나 지성인들이 라이벌 의식에 빠져 우정과 친분을 저버리는 것을 보면 실망은 물론 측은하기까지 하다.

사회적으로 유능하면서도 친구를 원수로 만드는 사람들이 있다. 그들은 자신을 위해 남을 이용하는 사람들이다. 상대방을 도와주며 위해주는 것 같아도 결국은 그것을 수단으로 삼아 이용하곤 한다. 그때 내가 이용당했다고 생각하면 우정이 적대감으로 바뀌게 된다. 그 이용하는 행위가 습관이 되면 그는 살아가는 동안에 점점 더 많은 원수를 갖게 된다. 다른 사람을 이용하는 것은 곧 죄악이기 때문이다.

어떤 이유와 경로에서든 원수를 갖는 것은 불행한 일이다. 그것은 친구를 갖는 사람이 행복해지는 것과 반비례하는 일이다.

그런데 많은 일을 하거나 명예를 얻은 사람에게는 시기심이나 질투심을 갖고 대하는 사람이 생기기 마련

이고 때로는 그것이 경쟁의식과 더불어 적개심으로 변
질되는 일이 자주 있다. 사촌이 땅을 사면 배가 아프다
는 속담이 있지 않은가. 당연히 좋게 생각하고 칭찬해
주어야 할 일인데 먼저 배부터 아픈 것을 어떻게 하겠
는가.

생각해보면 인간에게는 고치기 힘든 본성이 있는 것
같다. 선은 노력해서 찾아가는 것이나 악은 저절로 생
기는 것이며 그 힘이 강하다는 사실이다. 선은 노력해
도 도달하기 어려우나 악은 가만있어도 이루어지는
것이다. 그래서 게으른 사람은 모든 것을 잃게 되고 성
실하게 노력하는 사람은 예상 못 했던 결과를 얻기도
한다.

친구는 노력해도 얻기 어려우나 원수는 저절로 생기
는 것이 인생의 길인 것 같다.

독일의 철학자 헤겔은 마르크스도 강하게 영향을 받
았을 정도로 너무나 유명한 인물이다. 헤겔은 현실에
둔감한 사람이었다. 그 자신은 원수라든가 라이벌 의

식을 가지고 살지 않았다. 누구를 미워한다는 것은 있을 수 없는 일이었다. 그런데 그의 친구였던 철학자 셸링은 한평생 그를 적대시했다. 부인에게 "헤겔은 멍청이 같아서 내가 얼마나 자기를 싫어하는지도 모르고 내 숙소까지 찾아왔다니까"라고 말했을 정도였다. 철학 교수이자 신학자로 잘 알려진 슐라이어마허도 마찬가지였다. 헤겔이 베를린대학교의 교수로 있을 때 동료 교수였던 슐라이어마허와 복도에서 언쟁을 하다가 육탄전을 벌인 일까지 있었다.

셸링은 헤겔의 명성에 대한 라이벌 의식을 갖고 있었다. 슐라이어마허는 헤겔을 욕심 많은 교수라고 여기고 적개심에 가까운 감정을 갖고 있었던 것이다.

이렇게 본다면 친구를 갖는 것보다 원수를 갖지 않는 것이 더 중요할지도 모른다. 원수라는 말이 지나치게 강한 어감을 준다면 나를 싫어하거나 미워하는 사람으로 보면 될 것이다. 그렇다고 해서 누구에게나 칭찬을 받으며 호감만을 줄 수는 없지 않겠는가.

가능하다면 나를 증오하는 사람은 적고 즐거움을 나

눌 수 있는 친구는 많이 갖는 것이 행복하며, 또 그렇기 위한 노력을 해야 할 것이다.

미국 사상계와 철학 분야에 큰 영향을 준 하버드대학교의 에머슨은 영국을 방문할 때마다 칼라일을 찾아 학문과 우정을 나누는 것을 큰 기쁨으로 삼았고, 그 영향은 영국과 미국에 미칠 정도였다. 두 사람은 성격과 인품에서 차이점이 많았다. 그러나 양국의 정신적 지도력을 갖는 데 큰 도움을 줄 수 있었다.

칼라일의 소개로 알게 된 스펜서를 영어 문화권의 큰 학자와 명성 높은 사상가로 등단시킨 배경에는 에머슨의 도움이 컸다. 영국의 사상가 존 스튜어트 밀은 만나본 일도 없는 프랑스의 오귀스트 콩트를 후원해 그의 학설을 영국으로 끌어들였고, 프랑스에서 오귀스트 콩트가 사회과학의 아버지로 존경받도록 유도하는 데 큰 역할을 했다. 라이벌 의식 때문에 대립적 위치에 설 수도 있었던 사람들의 우정이 세계에 기여한 사례들이다.

가능하다면 우리 모두가 그런 우정을 갖고 살아갔으

면 싶은 심정이다. 그 우정이 우리들의 성장과 값있는 삶을 키워줄 수 있다.

많은 사람은 나와 같은 사람이 있으면 친구로 삼고 싶다는 생각을 갖는다. 물론 있을 수 있는 생각이다. 그러나 나와 다른 점이 있기 때문에 서로 도움이 되며 오히려 나보다 좋은 면을 많이 갖고 있어 존경하는 친구를 삼을 수 있다는 것이 더욱 좋은 생각이다. 내가 나를 위하는 마음으로 상대방을 위해준다면 우리는 열린 마음으로 많은 친구를 가질 수 있는 것이다.

친구가 된다는 것은 우정을 갖는다는 뜻이다. 아무리 같은 직장에서 오랜 세월을 보냈어도 정이 깊어지지 않으면 친구가 되기는 어렵다. 함께 일하고 같은 목적을 위해 협력은 하지만 우정으로까지 발전하지 않는 경우가 있다. 그러나 직장도 다르고 자주 만나는 일은 없어도 깊은 우정으로 발전하는 경우가 있다. 친구로서 서로 도움을 주는 관계가 이루어지는 것이다.

무엇이 그것을 가능케 하는가. 상대방의 과거가 나

의 과거와 일치하는 점이 있고 나의 장래에서 상대방의 장래와 같은 면을 발견했을 때 친분을 느끼며 우정을 갖는 계기가 될 수 있다. 이때의 일치성이란 삶의 가치와 방향을 가리키는 것이다. 정신적으로 공존할 수 있고 더불어 일할 수 있다는 뜻이다.

그런데 여기서 복잡한 문제가 생긴다. 우리 선배들이 해외에 나가서 독립운동을 할 때는 생사를 같이하는 고난을 나누었지만 그 우정이 정권을 앞두었을 때는 원수와 비슷한 처신을 하기도 한다. 이승만과 김구의 관계를 그렇게 보는 사람들이 적지 않다.

그렇다면 이때의 공통점이란 무엇인가. 정권을 소유하려는 의욕이나 욕망이 아니라 민족과 조국을 위하려는 충정과 신뢰인 것이다. 이기적인 욕망이 아닌 선의의 사명 의식인 것이다. 악의의 일치성은 존속할 수 없으나 선의의 동일성은 무너질 수 없는 신뢰성이 되는 것이다. 따라서 참다운 우정은 이기적인 욕망이나 독선적인 사고를 넘어설 수 있을 때 가능해진다.

지적 수준이 낮은 사람도 친구를 사귈 수 있다. 이때

에는 마음의 정을 바탕으로 친구가 된다. 정이 통하거나 쌓이게 되면 친구가 될 수 있다.

그러나 정신적 분야에서 일하거나 공익성을 위한 영역에서 지적인 활동을 하는 사람들은 정과 더불어 이성적 사고와 가치 추구의 공통성을 요청받게 된다.

연인이 서로 사랑하고 가정을 갖는 것은 삶을 함께 하는 것을 의미한다. 그러나 우정을 갖는다는 것은 인생을 같이 간다는 뜻과 통할 수 있다. 그래서 "어진 아내를 가지면 행복해지고 좋은 친구를 가지면 성공한다"라는 격언이 있다.

인생을 같이 간다는 것은 몇 가지 의미를 내포한다.

그 하나는 신뢰성이다. 동양에서도 붕우유신(朋友有信)이라는 관념을 일찍부터 강조했다. 믿을 수 없을 때는 우정을 가질 수 없고 친구가 되지 못한다. 어떤 이해관계가 끼어들고 다른 사람이 무엇이라고 평하든지 내 친구의 인격과 신의를 의심할 수 없을 때 친구가 된다. 그리고 이때의 신뢰성은 상호 간의 것이다. 한쪽이 한편만을 믿어서는 안 된다. 그래서 친구 사이에는 거짓이 있을 수 없고, 결코 그 신뢰성을 이용하는 일이 생겨서는 안 된다.

친구와 인생을 같이 간다는 것은 기쁨과 고통을 나눌 수 있어 즐거움을 더해주며 고통을 줄여주는 노력을 함께하는 일이다. 인생을 사는 데는 뜻하지 못했던 어려움이 찾아드는 일도 있고 기쁨을 나누고 싶은 경우도 생긴다. 그런 때에 무엇보다도 아쉬운 것은 고통의 짐을 나누어 지는 일이다. 내 친구가 어려움에 처해 있는데도 모른 체한다든지 불의의 고통을 받는 일이 있을 때 도움이 되지 못한다면 그것은 우정이 아니다.

인생은 나그네라는 말을 자주 한다. 나그네는 외로운 심정을 갖고 산다. 서로 위로하고 도움을 줄 수 있다는 것은 얼마나 귀한가. 평생을 외롭게 혼자 살아갈 생각을 해보자. 그보다 서글픈 삶이 어디 있겠는가.

인생의 길을 같이 간다는 것은 여러 가지 악의 조건을 멀리하면서 진실과 선을 찾아 전진하는 일이다. 친구 때문에 악을 멀리하고 선을 가까이할 수 있어야 하며 우정 때문에 사회를 살아가는 데 옳고 정당한 길을 걸어 존경받는 삶으로 나아갈 수 있어야 한다.

솔직히 말하면 악한 친구는 친구가 못 된다. 도둑과 도둑 사이에 악을 위한 공모는 있으나 그것은 값있는 우정이 아니다. 친구가 된다는 것은 선으로 향하는 길을 같이 걸어가는 것이다. 그래서 좋은 친구를 통해 서로가 행복해지며 소망스러운 사회를 만들어갈 수 있다.

인생의 길을 같이한다는 것은 뜻이 같은 일을 한다는 것이다. 이웃과 사회를 위해 보람 있는 일을 하는 것이다. 사실, 이기심의 노예가 된 사람은 친구를 가질 수도 없고 친구가 될 자격도 없다. 이기주의자들은 이웃과 사회를 위한 일을 거부하며 이웃과 사회에 피해를 주는 사람이기 때문에 그런 사람들이 모이면 당사자들은 물론 이웃과 사회가 얻는 고통이 더 커진다. 누구도 그런 사람과 인생을 같이하기를 바라지 않는다. 또 같이해서도 안 된다. 자신과 사회를 위해서다.

더불어 값있는 일을 할 수 있는 사람, 그가 곧 친구인 것이다. 만일 우리가 어떤 사람과 사명을 같이할 수 있다면 그것은 곧 훌륭한 친구가 되었음을 뜻한다.

살펴보면 존경받는 정신적 지도자들은 누구보다도 높은 우정을 갖고 일생을 살아간 사람들이다. 공자가 제자들과 나눈 우정은 우리에게 큰 교훈을 주고 있으며, 예수는 당신의 죽음을 앞두고 제자들을 친구로 삼는다고 충언한다.

예수의 제자 중 일곱 명이 종교적 순교를 택한 것은 참다운 우정의 결과였을 것이다. 생사를 함께하는 친구였던 것이다.

친구의 역할 중에 가장 일반적인 것의 하나는 대화를 통해 생활의 정신적 영역을 넓히는 일이다.

내가 모르고 있던 지식과 생각을 새로이 받아들일 수 있고, 또 친구의 지적 성장에 도움을 줄 수 있다. 아는 것을 넓게 풍부히 해줄 수 있다는 것은 물건이나 돈을 주고받는 것보다 소중하며 꼭 필요한 일이다.

그런 대화의 내용은 생활의 정보로부터 학문적 이론에까지 영향을 미칠 수 있는 폭넓은 것이다. 어떤 물건을 어떻게 값싸게 살 수 있는지를 물을 수도 있으나, 자본주의의 본질과 장래를 어떻게 생각하느냐는 대화도 나눌 수 있다.

이런 경우에는 주로 생각과 지식을 교환하는 것이기 때문에 폭넓은 사귐과 대화가 필요해진다. 그리고 상대방의 지적 수준에 따라 그 내용과 위상이 달라질 수 있다.

나는 30여 년 전에 세계 여행을 함께 했던 두 친구와 시일을 정해두고 1년에 몇 차례씩 만나곤 했다. 한 친구는 나와 같은 학문을 했고, 다른 친구는 국사를 전공했다. 서로의 우정을 돈독히 할 수도 있고 서로의 학문 및 사상적 내용을 교환할 수도 있었다.

그 결과는 대단히 귀한 것이다. 따뜻한 정을 나누면서 서로의 지식을 풍부하게 할 수도 있다. 특히 나이 든 후에 우정과 친교를 나눈다는 것은 노년기의 인생을 풍요롭게 이끌어준다. 또 서로의 정신 및 인간적 성장을 발견하기도 하고 배우기도 한다.

살아가는 지혜와 인생의 교훈을 얻는 데 그보다 좋

은 일은 없을 것이다. 누구나 해볼 만한 일이라고 생각한다. 더 늙어 고독에 휩싸이기 전에…….

친구 사이의 이런 역할을 위해서는 폭넓은 우의가 필요하며 가능하다면 서로 이해력을 갖춘 친구를 사귀는 것이 바람직하다.

최근에는 국제적인 교류가 많아지면서 외국 친구들과 우정을 나누는 일이 자주 생긴다. 다행스러운 일이다.

가까이 있는 친구보다는 외국 친구를 통해 더 넓은 생각과 지식을 얻게 되며 그 친구가 사는 사회와 국가적인 지식과 사상도 직접 전해 들을 수가 있다. 때로는 외국 친구를 만나기 위해 그 나라로 가는 경우가 생긴다. 그만큼 얻는 바가 크기 때문이다.

이렇게 넓은 대화를 통해 생활의 지식을 풍부히 하기 위해서는 많은 친구가 있어야겠다. 오히려 자기가 전문적으로 연구하거나 관심을 갖고 있는 분야와 다른 영역에서 일하고 있는 친구를 갖는 것이 더 넓은 생활의 지식과 지혜를 얻는 데 도움이 된다.

친구로서 찾아 누릴 수 있는 또 하나의 인간적 기능은 정의 교류다.

어려움을 겪고 있는 친구를 찾아가는 것은 언제 어디서나 볼 수 있으며, 기쁜 일이 생겼을 때도 그 즐거움을 친구와 나누고 싶은 것이 인지상정이다. 우리나라에서는 관혼상제(冠婚喪祭)의 행사가 그 대표적인 예다. 기쁨을 함께 나눌 사람이 없고 슬픔을 덜어줄 벗이 없다면 우리의 삶은 얼마나 삭막하겠는가. 그래서 축하와 위로의 정은 삼갈 필요가 없으며, 기쁨은 나누면 배로 늘고 고통은 나누면 반으로 준다는 격언이 받아들여지고 있다.

그런 정의 교류가 인생을 행복하게 만들며 인간관계를 아름답게 키워갈 수 있는 원동력이 된다. 물론 가족 간에는 그것이 자연스럽게 이루어질 수 있으나 친구 간에 맺어진다는 것은 더욱 귀하고 값진 것이다. 이웃 사촌이라는 뜻이 쉽게 받아들여지는 것은 정을 나눌 수 없는 가족보다는 정을 나눌 수 있는 이웃이 더 아름다운 행복을 증대시켜줄 수 있기 때문이다.

이렇게 정을 나눌 수 있는 친구는 생활의 정보나 지식을 나누어 가질 수 있는 친구의 수만큼 많을 수는 없다. 그러기에 더 소중한 친구가 될 수 있는 것이다.

일단 우정을 나누어 친구가 되면 거기에 따르는 의무도 생긴다. 물론 그것은 선택이기 때문에 의무가 강요되지는 않는다. 그러나 친구 간에는 자연스럽게 맺어지는 의무가 있기 마련이다. 가장 중요한 것은 어려움에 처해 있는 친구에게 도움을 주는 일이다.

모든 일에 다 도움을 줄 수는 없다. 그러나 서로 위해주는 마음과 자세를 갖고 친구를 대하는 것은 자연스러운 현상이다. 병중에 있을 때 문병을 가는 일상적인 일부터 친구가 사회적으로 오해를 받거나 사업에 실패했을 때 위로의 정을 나누고 가능한 도움을 줄 수 있다면 그것은 고귀한 우정의 발로다. 내가 그런 사랑을 받았을 때를 생각해보라. 친구에 대한 감사는 물론 온 세상이 밝고 행복해 보이는 체험을 할 수 있을 것이다.

오래전 안창호는 객지인 미국에서 노동으로 번 500달러를 병중에서 신음하는 친구 이갑(李甲)에게 보내준 일이 있었다. 그 당시 500달러는 대단히 큰돈이었다. 그리고 그 돈은 땀으로 모은 안창호의 전 재산이었다. 그는 친구가 위독하다는 소식을 듣고 기꺼이 그 돈을 친구에게 주었다. 그것이 도산의 우정이었고 조국의 독립을 염원하는 지성이었던 것이다.

만일 우리들의 우정이 사회에 어떤 소망스러운 영향을 남길 수 있다면 그것은 친구로서 찾아 누릴 수 있는 최고의 보람이 될 것이다.

영국 스코틀랜드의 에든버러를 여행하는 사람들은 에든버러의 옛길을 지나다가 안내원의 인상 깊은 얘기를 듣는 때가 있다. 이 좁은 골목 저쪽으로 가면 철학자 데이비드 흄과 경제학자 애덤 스미스가 젊었을 때 하숙하던 집을 볼 수 있다는 설명이다.

영국 역사에서 이 두 사람만큼 큰 영향을 남긴 인물은 많지 않다. 둘 다 세계 정신사에까지 금자탑을 쌓아올린 인물들이다. 철학과 경제학의 태두임은 물론 그들의 윤리 사상과 가치관은 사상사의 전환기를 만들어 주었다.

두 사람의 학문적 공감과 정신적 우의가 역사에 그렇게 큰 혜택을 주었다는 점에서 우리는 숙연한 심정에 젖어들기도 한다.

그런 예는 어디에서나 찾아볼 수가 있다. 이순신과 유성룡의 우정도 역사를 값있게 만들었으며, 우리 시대의 세 시인으로 이루어졌던 청록(靑鹿)파도 그 하나의 예로 꼽을 수 있다.

뿐만 아니라 지금 우리들 주변에서도 비슷한 사례를 얼마든지 찾아볼 수가 있다. 그들이 있었기에 우리 사회가 정신적으로 풍요로워질 수 있었다든지, 그들의 우정이 우리들의 삶을 풍부히 해주었다는 실례는 자주 찾아볼 수 있다.

『논어』를 읽는 사람들은 공자가 가족에 대한 관심과 애정보다는 제자들과의 의를 더 소중히 여겼으며 그 때문에 우리들의 정신적 지도자가 되었음을 인정한다. 애정은 즐거움을 더해주나 우정은 선한 가치를 구현시켜주는 출발점이 되는 것이다.

그러나 값진 우정이 이렇게 훌륭한 사람들에게만 있는 것은 아니다. 우리 주변에도 참된 우정의 탑을 쌓아 올린 사람들이 많고, 그 혜택이 값지다는 것을 항시 느낄 수 있다. 친구가 없는 사람은 고독과 불행을 겪어야 하나 진실한 친구를 가진 사람은 주변 사람에게도 기쁨과 행복을 더해주는 것이다.

그러나 이런 과제는 이론에 그치거나 어떤 특정한 사람들의 문제라고 생각해서는 안 된다. 우리들 모두의 문제이며 더 긴 세월이 지나기 전에 나 자신이 개척해나가야 할 길인 것이다. 나 혼자 무슨 일을 할 것인가? 나 혼자 하는 것도 귀하지만 친구들과 더불어 무엇을 남길 수 있을지를 찾는 일은 더욱 중요하다. 그것이 우정의 길인 것이다.

나는 벽에 걸려 있는 넥타이를 한번 다시 만져보았다.

얼마나 착하고 좋은 친구였는데…….

넥타이 이야기

이른 봄비가 내리고 있는 저녁때였다.

친구 부친의 회갑연에서 늦게야 식사를 끝낸 우리는 주제도 없는 잡담을 나누고 있었다. 그때 한쪽 구석에 앉아 있던 Y가 자기 넥타이를 풀어 책상 위에 내놓으며 말했다.

"자, 심심한데 재미있는 게임이나 한 가지 하고 돌아 갑시다."

그는 모두 넥타이를 풀어 내놓으라고 말했다.

"물론 여선생 두 분은 예외입니다만."

재미있는 게임이라고 바람을 잡는 바람에 모두 넥타이를 풀어놓았다. 그러고는 Y의 다음 설명을 기다렸다. Y가 말했다.

"이제 이 열 개가 넘는 넥타이를 내 옆에 계신 여선생께 맡기겠습니다. 그리고 우리는 다 같이 가위바위보를 합니다. 이기는 사람이 자기 마음에 드는 넥타이를 먼저 골라 가지는 것입니다."

이야기가 이렇게 되자 모두들 웃어버리는가 하면 좋은 넥타이를 매고 왔던 한두 사람의 반대도 일어났다. 그러나 Y는 단호하게 말했다.

"불평이나 잡담은 금지입니다. 오늘의 즐거운 우정을 위해서라도 다 찬동하셔야 합니다. 또 여기 계시는 여선생님의 체면을 위해서라도 신사도를 발휘하십시오. 문제는 누가 이기느냐에 있습니다."

그는 끝내 모두의 동의를 얻고야 말았다.

그러자 Y의 얘기를 듣고 있던 여선생이 더 재미있는 안을 제시했다.

"이왕 결정이 되었으면 여러분은 가위바위보만 하

십시오. 이기는 순서대로 저희 둘이서 차례로 골라드리겠습니다. 물론 가위바위보에 져서 남은 나중 분들은 넥타이도 나쁠 테고 양복에 어울리지도 않을지 모르지만 그것은 패배자의 운명이지요……"

우리는 모두가 좋다고 승낙했다. 문제는 이기는 일뿐이었다.

가위바위보가 끝났다. 모두들 자기에게 돌아온 남의 넥타이를 매고 웃어댔다. 그러고는 자기 것은 누구에게 갔으며 자기는 누구의 것을 맸는지 알아보기 바빴다. 그 덕택에 가장 허술한 넥타이만 매고 다니던 나는 좋은 넥타이를 하나 얻은 셈이었다. Y도 별로 손색이 없는 것을 골라 맨 모양이었다.

한참이나 웃어댄 우리는 벌써 어둠이 짙어진 거리로 나섰다. 실비가 아직도 내리고 있었다.

나는 버스를 타기 위해 친구들에게 인사를 나누고 옆 골목으로 빠져 나왔다. 그런데 바로 뒤에서 발자국 소리가 들려오기에 돌아보았더니 Y의 음성이 아닌가.

"김 형, 잠깐만……"

Y는 내 옆에까지 와 입을 내 귀에 닿을 정도로 가까이했다.

"김 형 넥타이가 하도 초라하기에 하나 바꾸어주려고 꾸민 장난이야. 자네는 선생이어서 좋은 것을 살 수 없지만 저놈들은 집에 얼마든지 있거든……. 자, 그럼 잘 가."

그러고는 돌아섰다.

나는 잠시 이상한 기분에 잠겼다. 그때만 해도 넥타이를 구하기가 쉽지 않았을 뿐 아니라 나는 가난했다. 외국에 다녀오는 사람들이나 값나가는 넥타이를 매고 있을 정도였으니까……. 나는 악의 없는 Y의 우정에 고마움을 느꼈다. 그리고 내 넥타이를 매고 투덜거리던 친구에게 미안함을 금치 못했다.

그 뒤 얼마 안 있어 한국전쟁이 일어났다. 나는 부산으로 피난을 가 있었지만 많은 친구가 그대로 서울에 남아 있었다. Y도 그중 하나였다.

전쟁과 굶주림의 3개월이 지난 뒤 나는 다시 서울에

찾아들었다. 모든 것이 꿈같이 변해 있었다. 남아 있던 가까운 친구들을 찾아다녔지만 Y만은 만날 수 없었다. 공산분자들의 테러로 맞아 죽었던 것이다. 그것도 사랑하는 제자들이 이끌고 온 무리에 의해서……. 머리는 형적을 가릴 수 없이 깨져 있었고 전신은 수없이 많은 죽창 자국으로 뭉그러진 채 시체로 발견되었다고 했다.

그 소식을 들은 날 저녁, 나는 벽에 걸려 있는 넥타이를 한번 다시 만져보았다. 얼마나 착하고 좋은 친구였는데……. 지금도 어디선가 그 명쾌한 웃음소리가 들려올 것만 같은데…….

누구에겐가 커다란 분노의 폭탄을 던져주고 싶은 심정이 피어올랐다.

상대방을 위한다는 것은 사랑한다는 뜻이다.
사랑하지 않는 사람을 위해줄 수는 없고,
사랑하는 사람을 위해서는
자신의 모든 것을 희생할 수도 있는 것이
인생의 자연스러운 모습이다.

소유하고 싶은 마음과 위하는 마음

우리들이 살아가는 데는 세 가지 방향과 내용이 있는 것 같다는 생각이 든다.

하나는 소유와 만족의 자세다. 인간은 선천적으로 무엇인가를 소유하기를 원한다. 소유의 욕망이 없다면 우리는 삶을 영위하지 못한다.

그 가장 기초적인 소유는 물질에 대한 것이다. 많은 물질을 소유할수록 깊은 만족감에 잠기며, 만족도가 높을수록 행복하다는 생각을 갖는다.

그러나 눈에 보이지 않는 소유도 있다. 지위, 명예 등의 정신적 소유욕도 우리들의 일생을 좌우하고 있다. 그것은 인간이 동물이 아니라는 증거와 맞먹는 것이다. 만일 인간이 동물이라면 우리는 물질적 소유로 만족했을 것이다. 그러나 우리는 정신적 생활을 하기 때문에 정신적 소유가 없이는 살아가지 못한다.

철학자 셸러는, 인간은 본능적으로 세 가지 욕망을 갖는다고 말했다.

첫 번째 욕망은 육체를 기르기 위한 영양에 대한 욕망이다. 누구나 충분한 영양을 섭취함으로써 인생을 살아갈 수 있기 때문이다. 마르크스는 그 욕구를 채워주는 것이 가장 중요하다고 생각했다.

두 번째 욕망은 번식과 생명의 존속을 위한 의욕이다. 쇼펜하우어나 프로이트는 인간의 생존을 위해 가장 기본적인 것이 바로 이 종족 보존의 욕망이라고 보았다.

세 번째 욕망은 권력에 대한 욕망이다. 사람은 누구나 강자가 되기를 원하며, 강자가 된다는 것은 지배자가 되어 만족스럽게 산다는 생각을 뒷받침해준다. 권력에의 의지는 우리들의 삶의 본능이며 기본 여건이라고 본 사람들도 있다. 일찍이 마키아벨리가 그랬고, 근세 초에는 니체가 같은 생각을 했다.

이렇게 본다면 인간은 결국 소유하기 위한 동물로 태어났는지도 모른다. 성적인 욕망과 사랑의 대상을 소유하는 일, 성장의 욕구와 물질, 즉 경제력을 찾는 일, 권력과 그에 따르는 명예에 대한 욕망은 우리들의 생활 기초인 동시에 그것들이 모여서 인간을 형성한 듯이 생각되기도 한다.

그러나 생각해보면 아무리 소유가 귀하다고 해도 소유의 대상인 물건보다는 소유하는 주체인 내가 더 중한 것이다.

우리는 살기 위해 소유하는 것이지 소유하기 위해 사는 것이 아니다. 사람은 살기 위해 먹는 것이지 먹기 위해 사는 것은 아니다. 먹을 것은 수단이지 삶의 목적은 못 된다. 그것은 소유주가 소유물보다 중하며 앞선다는 뜻과 통한다. 나는 목적이고 소유물은 수단인 것이 우리들의 삶이다.

그러면 소유주인 나의 삶은 무엇을 위해 있는가.

우선 자아의 성장과 완성을 뜻하지 않을 수 없다. 꽃나무나 짐승들은 바르고 곱게 자라야 한다. 성장이 안 되거나 잘못된다면 나무 구실을 못 하며 짐승다운 짐승으로 성장하지 못한다.

인간은 꽃나무와 같은 성장으로 그치지 않으며 동물과 같은 자람으로 다 이루어지지 않는다. 인간은 인격적 성장과 자아 완성을 향하고 있다. 인간으로서의 성장과 인격적 완성이 무엇보다도 아쉽다.

그 일을 위해서는 정신적 성장을 도울 수 있는 학문, 예술, 도덕이 있어야 한다. 아무 지식도 없이 인간적 성장을 피한다면 그것은 어리석은 일이다. 정신적 성장은 앎을 동반할 수 있을 때 비로소 가능해진다.

정서적 조화와 성장도 불가피한 요소다. 인간은 나면서부디 미의식을 갖고 있으며 그 예술적 기대가 채워지지 못하면 인간다운 삶은 불가능하다. 예술이란 아름다움과 조화에 대한 욕구다. 자신과 미에 대한 기대가 없으며, 삶과 인간됨이 조화를 잃는다면 어떻게 인간다운 인간이 될 수 있겠는가.

도덕도 마찬가지다. 우리는 선과 악을 구별하면서 살게 되어 있으며 선을 택하고 악을 멀리할 때 인간다운 인간, 즉 삶의 의미를 발견하게 된다. 그 선의 가치와 더불어 자아의 성장이 가능해진다. 그리고 이것은 정신과 인격의 성장을 위한 절대적 여건이다.

그러나 우리들의 삶은 이 둘로 끝나지 않는다. 소유가 나를 위해 있었다면 나의 시간과 노력은 무엇을 위해 있는가를 묻지 않을 수 없다.

소유만을 위해 사는 것이 동물적인 삶에 가깝다면 나만을 위해 산다는 것도 폐쇄적이고 정태(靜態)적인 삶을 위하는 차원에 그친다.

그것은 마치 한 개 한 개의 세포가 세포 자신을 위해 사는 것으로 여기는, 잘못된 생각이다. 생각의 과오만이 아니다. 그런 생존은 있을 수가 없다. 크게 생각한대도 위장이 위장을 위해 일하거나 심장이 심장을 위해 사는 것이 아님을 우리는 잘 안다.

인간도 다른 인간과의 관계를 끊고 나만이 독립된 삶을 가질 수 있는 듯이 착각한다면 그것은 너무나 큰 과오다. 오히려 그것은 자신의 파멸과 종말을 재촉할 뿐이다.

인간은 이웃과 더불어 삶을 살도록 되어 있다. 가까울 때는 가족이나 친척들이 우리의 이웃이다. 그들과의 사귐이 없이는 우리의 생활도 유지될 수가 없다. 그리고 이웃이 넓어지면 민족이나 사회로까지 확대될 수 있다.

원자가 물체를 떠나서는 존재할 수 없으며, 세포들은 생명체를 벗어나서는 생존을 유지하지 못한다. 그와 마찬가지로 우리도 이웃과 사회를 떠나서는 생활을 할 수가 없다.

다른 사람들과의 사귐은 인격적 생활의 근본이면서도 필수적인 조건이다. 그 현실과 뜻을 무시하고는 살아갈 수가 없다.

그러면 우리들의 인격적 삶에는 어떤 사귐이 있는가.

상대방을 물건과 같이 대하는 태도가 있다. 인간을

소유하려고 생각하는 잘못된 자세다. 그런 사람들은 상대방의 인격을 돈이나 물건과 같이 취급한다. 내가 더 많은 걸 소유하기 위해 다른 사람의 인격을 이용하며 그 사람을 수단으로 삼는다.

세상에 누구도 용납할 수 없는 죄악이 있다면 그것은 바로 인간을 마소와 같이 생각하는 범죄성이다. 우리는 노예제도가 얼마나 무서운 사회악이었는지를 잘 알고 있다. 그러나 아직도 우리 사회에는 이웃과 타인을 물건같이 소유하며 자신의 이익을 위해 수단으로 삼는 사람들이 많다. 그들은 인간의 도리를 파괴하는 사람들이기 때문에 자신의 불행과 사회의 파탄을 초래하고야 만다.

또 일부 사람들은 다른 사람과 이웃을 증오와 질투의 대상으로 삼는 경우가 있다. 왜 그런 감정을 갖게 되는가. 그들은 인간의 삶을 소유의 울타리 안에서 본다. 그때 타인이 나보다 많은 것을 소유했다고 생각하면 곧 시기, 질투, 원망심을 갖는다. 그리고 자신의 소유가 다른 사람들로부터 침해를 당하거나 빼앗겼다고 생각될 때에는 분노와 반항심을 갖고 대한다.

그 결과로 나타나는 것이 싸움이며, 그것은 알력과 갈등과 저주스러운 인격 파괴의 불행을 가져온다. 그런 상황이 사회적으로 확대되었을 때는 전쟁이 일어나기도 한다. 소유의 차원을 넘어서지 못한 인간들의 소행이며, 대인 관계의 파국을 스스로 만든 생활의 결과이다.

그렇다면 우리가 원하는 사귐과 인격 관계는 어떤 것인가.

우리는 상대방을 소유하기 이전에 위해주는 마음을 가져야 한다. 그리고 그 마음은 깊은 사랑에서 우러나온다. 지혜로운 부모는 자녀들을 사랑하기 때문에 위할 줄을 안다. 참다운 스승은 끝까지 제자들을 위할 수 있을 때 스승다워진다.

행복한 가정은 부부가 서로 위해줄 수 있을 때 만들어진다. 민주주의 정치는 국민들이 통치자를 위해주며 통치자가 국민들을 위해줄 때 가능해진다.

쉽게 생각하는 사람들은 남을 위함이 자신의 성장과 완성을 가져온다는 사실을 모른다. 그러나 남을 위해주는 사람이 존경을 받으며, 섬기는 사람이 지도자가 되며, 이웃을 위해 희생하는 사람이 역사의 위대한 인물이 되는 것임을 잊어서는 안 된다.

상대방을 위한다는 것은 사랑한다는 뜻이다. 사랑하지 않는 사람을 위해줄 수는 없고, 사랑하는 사람을 위해서는 자신의 모든 것을 희생할 수도 있는 것이 인생의 자연스러운 모습이다.

우리는 그 사실을 연인 간의 사랑에서도 발견할 수 있다. 사랑과 결혼은 두 가지를 동시에 갖고 있다. 소유하려는 마음과 위해주려는 심정이다. 사랑이 시작될 때는 소유하고 싶은 마음이 강하게 작용한다. 그러나 그 사랑이 깊어지게 되면 우리는 소유심보다는 위하는 마음을 더 깊이 갖는다. 내가 사랑하는 사람을 누구보다도 위해주고 싶으며 또 위해주는 것이 인생인 것이다.

연애 시절은 소유가 앞서는 기간일지 모른다. 그러나 결혼을 하면 소유는 서로를 위하는 사랑으로 승화된다. 그러다가 자녀가 태어나면 부부는 정말로 서로를 위해주는 단계로까지 올라간다. 자녀를 위해 남편을 더 위하며 자녀 때문에 아내를 더 위해주게 된다.

이와 같이 우리가 가질 수 있는 가장 아름답고 고귀한 인간적 사귐과 인격적 가치가 있다면 그것은 서로 사랑하며 서로를 위해주는 생활에서 온다.

이러한 뜻은 이론이나 상념으로 그치지 않는다. 성실하게 인생을 살며 지혜로이 인생을 성찰한 사람은 누구나 체험하는 일이다. 또 인생을 높은 행복과 보람으로 이끌어 올린 사람들은 예외 없이 이 사실을 인정하고 있다.

만일 우리들이 가장 많은 사람에게 가장 깊은 사랑과 위함을 줄 수 있다면, 그것이 곧 인생의 영광과 보람이 아니고 무엇이겠는가.

우리는 소유 때문에 자아를 잃는 사람이 되어서는

안 된다. 나만을 내세운, 나머지 인생의 의의를 상실한 생활을 해서도 안 된다. 이웃과 사회를 위할 수 있을 때 비로소 나의 완성과 가장 고귀한 소유를 찾아 누리는 인생을 살게 된다.

마치 소화계통이 자연스럽게 소화를 계속해가듯이
직장과 사회도 갈등이나 어려움 없이
모든 문제를 풀어갈 수 있어야 한다.
그것을 가능케 하는 것이 합리적인 사고와 질서다.

바람직한 직장 내 인간관계를 위한 조건

해방 후에 내가 모 중고등학교 교감직을 맡고 있을 때의 이야기다.

복도를 걷고 있는데 내 앞에서 얘기를 나누는 두 학생의 대화가 들려왔다.

"그 선생은 아침 첫 시간부터 이유도 없이 화를 낸다니까. 오늘은 재수 없이 네가 걸려들었지? 아무 잘못도 없는데."

"그래, 자기로서야 이유가 있었겠지만 우리만 억울하지 않아?"

"이유는 무슨 이유야? 아침 첫 시간인데."

"집에서 마누라하고 싸움이라도 하고 왔던 게지……"
라는 이야기였다.

며칠 뒤 나는 직원회의에서 그 얘기를 꺼냈다. 선생
님들은 모두가 웃음을 터뜨렸다. 한참 뒤 나이 지긋한
선생님이 "그럼 어떻게 합니까? 우리도 사람인 걸……"
하고 결론을 대신하는 것이었다.

있을 수 없는 일이다. 그러나 자주 있는 일이다.

수십 년 전 해방 직후, 우리 정부 모 부처에는 대단
히 신경질적인 한 장관이 있었다. 그 부처에서는 장관
의 결재를 받을 때마다 비서실에서 장관의 기분을 먼
저 타진하곤 했다고 한다. 장관실을 찾는 부하들이 "오
늘은 날씨가 어떠냐?"라는 식의 질문을 꺼내곤 했었다
는 얘기다.

있어서는 안 되는 일이다. 그러나 있으니 어떻게 하
겠는가.

이런 문제는 왜 생기는가. 인간관계에 있어서도 합
리적 요소가 중요하다는 사실을 모르는 데서 오는 결

과들이다.

우리는 모든 인간관계를 감정과 기분에 호소하는 습관을 지속해왔다. 그것이 동양적 전통이기도 하다. 그렇게 된 이유 중의 하나는, 우리는 가정을 단위로 생활해왔고 혈연사회를 중심으로 살아왔기 때문에 온정을 최고로 생각지 않을 수 없어서다.

그것이 나쁜 것은 아니다. 그러나 그렇게 긴 세월을 보내는 동안 우리는 대인 관계에 합리적 요소가 필요하다는 것을 깨닫지 못했다. 왜 아내와 싸운 분풀이를 학생들에게 하는가. 어째서 직장의 지도자가 감정과 기분으로 아랫사람들을 대하는가. 어렵게 말하면 인격의 결함이며, 쉽게 평하면 합리적 사고와 행동의 결핍에서 온 결과다.

왜 우리는 이 문제를 중요하게 여겨야 할까. 직장 생활을 영위하는 데 합리적 질서가 얼마나 필요한지를 쉽게 망각하기 때문이다. 정책적으로 안 되는 일은 안 되는 것이어야 한다. 어떤 원칙이 주어졌으면 그 원칙은 지켜져야 한다. 그러나 개인적인 친분 관계라든지 부분적인 이해 문제 때문에 그 길이 무너지거나 깨지기 시작한다면 우리는 그 직장의 질서를 지켜갈 수가 없다.

직장 내의 인간관계도 그렇다. 개인적인 감정 문제는 그들끼리 처리해야 하지만, 같은 직장에 있을 때는 모두가 함께 생각하고 같은 일을 처리하는 절차와 질서가 있어야 한다. 윗사람의 기분이나 감정을 살필 필요 없이 무엇이 직장을 위해 바람직하며, 어떻게 하는 것이 직책을 능률적으로 이끌어갈 수 있을지를 살펴야 한다.

마치 소화계통이 자연스럽게 소화를 계속해가듯이 직장과 사회도 갈등이나 어려움 없이 모든 문제를 풀어갈 수 있어야 한다.

그것을 가능케 하는 것이 합리적인 사고와 질서다. 우리 모두가 원칙대로 생각하고 같은 목적을 위해 전진하며, 일을 위해 이해와 협력이 자연스럽게 이루어져야 한다.

집단이 작을수록 감정의 비중이 클 수 있다. 그러나 직장이나 사회가 커질수록 합리적 질서가 중요시되어야 한다. 그것이 발전하는 직장과 사회의 원칙이다. 그리고 이 질서는 그 스스로가 점점 높은 위치를 차지하며 향상되어야 한다.

그 뒤에 나타나는 것이 질서 속에 머무는 인간관계 및 인격 관계인 것이다. 우리가 감정에서 합리를, 다시 합리에서 인간적 질서를 찾는 이유가 여기에 있다.

행복은 선하고 아름다운 인간관계에서 온다.
선한 인간관계는 서로 존경하고 위해주는
마음의 자세로부터 비롯되는 것이다.

행복을 창조하는 마음의 자세

우리는 조선왕조 500여 년 동안 유교적인 전통과 가치관 밑에서 살아왔다. 거기에는 장단점이 있게 마련이다.

유교적 인간관계는 대개의 경우 상하 관계다. 오륜(五倫)만 하더라도 그렇다. 부모와 자녀 간에는 '효'가 중심이 되어 자녀를 위한 부모라는 생각은 약화되고 부모를 위한 자녀의 관계로 굳어졌다. 군신유의(義)는 점차로 임금에 대한 충(忠)의 질서로 바뀌면서 상하 관계가 되었다. 남편을 위한 아내, 어른을 공경하고 섬겨야 하는 젊은이로 바뀌었다. 한 가지, 친구 사이의 신(信)은 평등 관계였으나 그것도 잘 이행되지 못했다. 연장자와는 친구가 될 수 없고 직책의 차이가 친구 관계를 어렵게 만들었다.

그 결과로 직장과 사회의 모든 인간관계는 상하 관계가 되었으며, 그렇게 되어야 하는 듯이 생각하는 경향을 만들어버렸다. 군대에서는 계급이 인격까지도 무시하는 상하 관계가 만들어지고 말았다. 심지어는 중장의 부인과 자녀들은 중장 구실을 하고 대위의 부인과 자녀들은 대위의 위치에 머물러야 하는 풍조가 생겼다.

공무원 사회도 그렇다. 동창생으로 자란 두 여성이 있는데 한 여성의 남편은 국장이 되고 다른 친구의 남편은 과장이 되면, 과장의 부인은 국장의 부인을 친구보다도 상사의 사모님으로 대하는 사회가 되었다.

이러한 오랜 전통 때문에 직장에서도 직책의 상하 관계가 인간 및 인격의 상하 관계를 만들고 굳히는 결과를 초래했다. 모든 직장에서 평등 의식은 자취를 감추었다. 그래서 근로자 계층의 사람들은 월급이 많고 적은 것이 문제가 아니라 인간적 대우를 받고 싶다는 호소를 할 정도가 되었다.

우리가 그렇다고 해서 외국에서도 같은 전통이 이어지고 있는 것으로 착각해서는 안 된다. 특히 기독교 전통이 강한 서구 사회에서는 인간의 평등한 기본권이 상당히 잘 유지되고 있다. 부유한 사람의 인격이 가난한 사람의 인격보다 높다고는 누구도 생각지 않는다. 한 아이의 아버지는 사장이고 그 친구의 아버지는 과장이라고 해도 두 친구 사이의 우정에는 지장이 없다.

공장에서 일을 끝내고 귀가하던 사원이 길가에 서 있는 관리직 과장 옆으로 다가가 "왜 서 있느냐"라고 묻는다. "차가 정비소에 들어가 있다"라고 말하면 "내가 태워다줄까?" 하면서 차편을 제공해준다. 두 사람 사이에 회사 안의 상하 관계는 없다. 오히려 인간과 인간 간의 우정이 더 강하게 나타난다. 심지어는 전투를 수행하는 군인도 명령이 아닌 한, 상관에게 자신의 주장과 의견을 제시하는 것이 보통이다.

이런 점을 감안해본다면, 우리는 사회생활의 모든 면에서 인격의 평등 관계가 조속히 유지되어야 한다는 기본 과제를 접하게 된다. 그것이 하늘이 내려준 인간의 기본 권리다. 이 인권의 평등 관계를 되찾기 위해 사회마다 얼마나 많은 노력과 희생을 치러왔는지 모른다. 인격과 인권의 평등 관계가 유지되지 못하는 사회가 후진 국가이며, 그것이 채워진 사회가 선진 국가인 동시에 민주주의 사회라는 것은 누구나 인정하고 있다.

그런데 여기 또 다른 어려움이 있다. 인격의 평등과 동등한 인권이 주장되고 어느 정도의 개선이 이루어지면 모든 인간관계의 질서가 한꺼번에 무너질 것 같은 걱정이다. 열 살 이상이나 연장인 어른에게 담뱃불을 요구해오는 청소년들이 있는가 하면, 대중교통에서 노약자를 외면하는 젊은이들이 어디에서나 발견되고 있다. 젊은 종교 지도자들은 자기 신념과 다르다고 해서 윗사람을 가벼이 여기며, 경찰관들은 국민들을 내려다보려는 폐습을 반성하지 않는다.

스승이나 교수들을 우습게 여기는 학생들도 만연하며, 기득권의 모순을 개혁하려 모인 이들이 오히려 기득권과 결합하는 방향으로 본질의 역할이 변질되는 경우도 있다. 그래서 어떤 사람들은 역시 전통적인 상하 관계라도 있어야 사회질서가 유지될 것이라며 엉뚱한 걱정을 하기도 한다.

물론 거기에는 여러 가지 어려움이 있다. 상반되는 인간관계가 공존할 수 있는 것이 우리 사회이기도 하다. 그러나 우리는 문제를 좁혀 직장에서의 인간관계를 중심으로 생각을 정리해보자.

직장의 모든 윗사람은 가급적 인격의 평등과 인간 사이의 존엄스러운 평등권을 키워나가야 한다. 그것이 인간된 도리이기 때문이다. 그러나 그와 동시에 모든 사원과 근로자는 직책의 상하 관계를 엄중히 지키며 그 질서를 증대시켜나가야 한다. 만일 직장에서 직책의 상하 관계가 유지되지 못한다면 그 직장은 존속할 수 없고 기업 발전의 가능성도 없어진다. 그 직책의 상하 관계를 지킨다고 해서, 누구의 비난이나 비판을 받

지 않는다. 40대의 과장이 30대의 부장에게 정중하게
직책상의 예의를 지켜보라. 다른 모든 사람의 모범이
되며 부장으로부터도 인간적인 대우와 존경을 받을 수
있다.

　나는 내 후배이자 제자인 대학 총장을 대할 때가 있
다. 아무리 젊은 제자라고 해도 대학의 대표인 총장으
로 대할 수 있어야 한다. 그래야 그 총장의 존경을 받
으며 다른 교수들의 높임을 받게 된다. 또 학교의 모든
일이 순조롭게 성장하고 발전할 것이다. 그것은 교양
과 인격을 갖춘 사람에게는 응당 있어야 할 품위다.
　그래서 우리는 윗사람들로부터 인격적 대우를 받으
면서도 직책의 상하 관계는 더욱 존중하는 직장의 풍
토를 만들어야 한다. 남을 위할 줄 모르는 사람이 다른
사람의 위함과 존경을 받을 수는 없다. 남에게 대접을
받으려는 사람은 나도 그렇게 대접하는 것이 전제되어
야 한다.
　좋은 직장은 누가 만들어주는 것이 아니라 우리 모

두가 합심해서 만들어가는 것이다. 좋은 직장은 행복을 창조하는 일터다. 행복은 선하고 아름다운 인간관계에서 온다.

선한 인간관계는 서로 존경하고 위해주는 마음의 자세로부터 비롯되는 것이다.

사랑의 경쟁은 더 많은 사람에게 섬김과 봉사를
베푸는 경쟁이다. 거기에는 경쟁의식보다는
양보와 사랑의 길이 열려 있다.

섬김과 봉사를 베푸는 사랑의 경쟁

어머니의 말씀이다.

"네가 어렸을 때 동네 잔칫집에 데리고 간 일이 있었다. 식사가 끝난 뒤에 여러 사람들이 먹다 남은 떡을 싸가지고 돌아가기에 나도 종이에 싸가지고 오려고 했는데, 네가 배부르다며 더 안 먹을 테니까 그냥 가자고 말해 얼마나 무안했던지……. 좀 가져가 아버지에게 주고 싶었는데. 그다음부터 쭉 살펴보니까 너는 어렸을 적부터 너무 욕심이 없었던 것 같다."

다른 사람이 듣는 곳에서도 자주 같은 얘기를 하곤

했었다.

지금 회상해보면 모친의 말이 맞는지도 모르겠다. 아마 부친을 닮은 것이 아닐까 싶다. 내 부친은 선천적으로 욕심이 없는 편이었다.

어머니의 관찰이 옳았을 것이다. 나는 철들면서부터 라이벌 의식이랄까, 경쟁의식이 적은 편이었다. 학교 성적도 그렇지만 무엇이든 1등보다는 2등이 더 좋게 느껴지곤 했다. 친구들이 1등을 하기 위해 애태우고 2, 3등으로 떨어졌다며 마음 아파하는 것을 보면 이해가 잘 안 되었다.

'이다음에 잘하면 되지, 또 다른 일들도 할 수 있는데……'

이런 식으로 편하게 지냈다. '앞장서서 고생하는 것보다는 뒤에서 편하게 지내면 어때서……' 하는 생각이 앞서곤 했다. 그렇게 사는 것이 손해라는 것도 알고, 욕심이 적다는 것은 의욕이 약하다는 것과 통하기 때문에 결국은 남보다 뒤지게 된다는 사실을 체험하면서도 경쟁에 뛰어드는 것은 왠지 내게 어울리지 않는다는 습관 비슷한 생각에 젖어 살았다. 그러니까 정치·경제 등 경쟁의식이 강한 직업이나 사회활동에는 끼어들지도 못하며 하려고도 하지 않는다. 출마(出馬)라는 말이 있는데, 나는 지금까지 어떤 직책이나 감투를 위해 출마를 해본 일이 없다. 동료 교수들이 학과장이나 처장 또는 학장으로 남보다 먼저 올라서기 위해 맘 쓰며 고생하는 것을 볼 때는 차례가 오면 하게 될 테니 좀 더 기다리는 게 좋을 텐데, 하는 식으로 별로 관심을 쏟지 않고 살았다.

직장에서 어떤 보직을 요청해오면 나보다 열성적이고 유능한 사람을 찾아 추천하는 일이 마땅하지 꼭 내가 앞장설 필요는 없다는 것이 내 철학이다. 그렇다고 해서 나에게 맡겨진 일을 소홀히 하거나 무책임하게 넘기지는 않는다. 그저 남보다 더 잘해야 한다거나 내가 앞서야 한다는 경쟁의식을 갖지 않았을 뿐이다.

대학에 있을 때 일이다.

몇 사람이 한 기관의 초청을 받아 지방 강연을 떠난

일이 있었다. 나와 한 강사는 교수였고 다른 두 사람은 사회에 정평이 있는 정계와 언론계의 인사였다. 그중 한 사람은 자신이 누구보다도 강연을 잘하는 편이라는 자부심이 강했다. 다른 강사들의 강연을 열심히 듣고 는 자기가 더 훌륭한 강연을 할 수 있으며 또 해야 한 다는 강박관념 같은 것을 가지고 있었던 것 같다. 또 교수들보다야 내가 앞서지, 하는 경쟁의식도 강한 편 이었던 모양이다.

그는 강연이 끝나면 여론이 어떤지를 살피며 누구의 강연이 좋았는지를 주최 측과 청중에게 물어보기도 했 다. 그런데 여론을 정리해보면 그보다는 내 강연에 대 한 평가가 앞서곤 했다. 그는 다음번에는 자신이 앞설 거라는 마음가짐으로 강연에 임한다. 그러나 청중의 관심과 기대는 더 멀어지는 결과가 나온다. 결국 그는 다음번 순회강연에는 동참하지 않았다. 후에 들려오는 밀로는, 자기가 최고가 되지 못하는 합동강연에는 안 가기로 했단다.

사실 다른 강사들은 그런 결과 여하에는 관심이 없

었다. 내가 할 수 있는 최선을 다하면 그뿐이다. 또 자기 영역에서 정성을 쏟으면 되기 때문이다. 오히려 다른 사람의 강연에서 더 배우고 좋은 점은 받아들이는 것이 떳떳한 자세인 것이다.

그런 얘기를 어떤 성악과 교수에게 한 일이 있었다. 그 교수의 평가는 더 정확했던 것 같다.

성악과 교수들이 방송국이나 신문사가 주최하는 음악회에 출연하면 그중 한두 명은 '내가 누구보다야 잘해야지, 특히 라이벌 관계에 있는 이보다는 앞서야지' 하는 욕심을 부린단다. 그런데 그 욕심 때문에 자신의 실력을 제대로 발휘하지 못해 객관적 평가에서 떨어지는 경우가 생긴다는 것이다. 차라리 비교나 경쟁의식을 떠나 최선을 다하는 사람이 더 좋은 연주를 한다는 얘기였다.

수긍이 가는 내용이다. 내가 비슷한 경험을 하고 있기 때문이다. 그러나 모든 사람이 다 나 같은 마음을 가지는 것이 좋다고는 생각하지 않는다. 경쟁 의욕이 없는 사회생활은 발전도 늦어지고 창의적 업적을 쌓아

올릴 풍토도 약화되기 때문이다.

나는 욕심과 의욕을 구별해보는 것이 좋다고 생각한다. 욕심은 자기중심의 소유를 위한 본능적 의지라면, 의욕은 일 중심의 사회적 책임을 동반한다. 돈을 벌어 가지겠다는 생각은 욕심이지만 훌륭한 기업체를 키우겠다는 의지는 의욕에 속한다. 따라서 욕심은 적어도 좋으나 의욕이 약화되는 것은 바람직스럽지 못하다. 욕심은 폐쇄적이지만 의욕은 개방성을 띤다고 구별해도 좋을 것이다.

또 하나의 문제는 경쟁의 성격과 방향에 차별이 있다는 점이다. 우리는 이기적 경쟁과 선의의 경쟁을 가리지 않는다. 하물며 사랑에도 경쟁이 존재하지 않는가. 많은 이가 공동체나 사회생활을 하면서도 이기적 경쟁을 넘어서지 못한다. 한때 우리는 정당에서 대선 후보를 선출할 때, 선배에게 패배당했다고 해서 당선된 선배와 정당을 비리고 독자적으로 출마했다가 정치 사회에서 버림받은 사람들을 보아왔다. 그런 사람들은 이기적 경쟁의식에 빠져 선의의 경쟁을 포기했기 때문에 사회적으로 지지를 받지 못했다. 그들이 선의의 경쟁에서 선두주자를 지지하고 다음 기회를 노렸다면 더 큰 책임과 존경을 얻을 수 있었을 것이다.

사랑의 경쟁이라는 개념을 도입한 철학자가 있다. 칼 야스퍼스다. 선의의 경쟁은 가치의 평가에 속한다. 정의·진실·평화 등의 사회적 가치 말이다. 그러나 사랑의 경쟁은 인격적 평가를 받는다. 더 많은 사람에게 섬김과 봉사를 베푸는 경쟁이다. 누가 더 많은 봉사를 하는가, 하고 물어야 하며 그러기 위해서는 내 희생이 얼마나 필요한지를 살피게 된다. 거기에는 경쟁의식보다는 양보와 사랑의 길이 열려 있다. 인도주의자와 종교계가 요구하며 실천하는 바가 이런 사랑의 봉사에 따른 경쟁의식이다.

이러한 사랑의 경쟁은 더 다양하면서도 높은 가치를 창출해내기 때문에 남의 것을 탐내거나 내가 꼭 그 일을 해야 한다는 압박감을 갖지 않는다. 저 사람이 고아들을 돌본다면 나는 미망인들을 위해주고, 저들이 환자들을 위한다면 우리는 지체 부자유한 사람들을 섬기는 게 좋겠다는 판단을 내린다. 한 가지를 차지하기 위해 열 사람이 경쟁하면 이기적 경쟁에 빠지게 된다. 열 가지를 열 사람이 선택하자면 라이벌 의식이 필요하지 않다. 열 사람이 스무 가지 일 중에서 한 가지씩을 택하고 나면 남은 열 가지 일은 누가 하느냐고 걱정하게 된다. 서로에게 더 소중한 일을 맡도록 권하게도 된다.

우리는 화가와 음악가 사이의 라이벌 의식이나 경쟁 의식을 묻지 않는다. 자신들의 길을 가면 되기 때문이다. 영역이 다른 과학자들은 서로 협조하도록 되어 있다. 모두에게 도움이 되는 까닭이다. 그러나 인간에 대한 봉사는 누가 무슨 일을 하더라도 부족하다. 아직 도움을 받아야 할 사람이 많기 때문이다. 사랑의 경쟁은 그런 것이 아닐까!

3

세상을 움직이는 힘

사과나무가 사회에 열매를 남기듯이 우리에게는
노년기가 더 보람 있는 인생이었다고 생각한다.
나 자신은 60세부터 80세까지가
인생의 황금기였다고 믿는다.

내 90의 선택은 잘못이 아니었다

내가 연세대학교를 떠날 때는 65세였다. 그 당시 은퇴 교수 중 최고령 교수는 91세의 김규삼 교수였다. 의과대학의 이병희 부총장이 87세에 작고했는데 모두가 장수를 부러워했다. 그런데 40년이 지난 지금은 90세 넘게까지 사는 것이 보통이다. 믿기 어렵지만 나 자신이 104세가 되었을 정도로 평균수명이 길어졌다.

내가 회갑을 맞이했을 때였다. 이제부터 교수다운 교수로 출발하고 싶었는데, 사회가 늙은이 취급을 했다. 후배 교수들도 그랬다. 아침에 만나면 "안녕하십니까?"라든지 "일찍 나오셨습니다"라고 인사하던 친구들이 "건강은 괜찮으시지요?" "요사이는 무엇으로 소일하세요?"라는 인사로 바뀌었다. 5년 남은 교수 인생의 마무리를 잘해야겠다는 생각으로 열심히 지냈다. 대학에서 송별 인사까지 했는데 내가 나를 보았을 때도 늙었다는 생각은 들지 않았다. 그래서 "오늘 제가 늦둥이로 연세대학교를 졸업합니다. 졸업생은 사회로 나가 일하는 법인데, 열심히 여러분과 함께 일하겠습니다"라는 작별 인사를 남겼다.

대학에 있을 때 못지않게 열심히 일했다. 일하는 사람에게는 새로운 일이 계속 주어진다는 사실을 체험했다. 강연, 집필, 저서 등 많은 일을 계속했다. 평소에 쓰고 싶었던 『종교의 철학적 이해』 『역사철학』 『철학의 세계』 『윤리학』의 보충 등을 그 기간에 끝냈다. 친구인 김태길 교수의 『한국인의 가치관』도 76세의 저작이었던 것으로 기억한다. 학교에 있을 때는 자유롭지 못했던 시간의 여유가 생겼기 때문에 미국과 캐나다 등지의 교포들을 위한 강연에도 참여할 수 있었다. 대학에서는 철학 분야 강의에 전념했으나, 기독교 관계의 저서도 남길 수 있었고, 폭넓은 독자를 위한 저서도 출간하면서 수필문학 영역에 나도 모르게 동참하게 되었다.

그러는 동안에 80세가 되었다. 나만 그렇게 산 것이 아니다. 안병욱, 김태길 교수도 나보다 더 폭넓은 문필과 사회활동을 계속해왔다. 우리 셋의 공통된 생각이 인정받을 정도가 되었다. 대학 은퇴 후의 15년 내지 20년의 사회활동이 없었다면 우리 인생의 사회적 기여도는 반으로 줄었을 것 같다는 견해였다. 문제는 60세 쯤에서 75세까지와 같은 창의적인 일은 못하더라도 지금의 상황을 언제까지 연장할 수 있을까, 하는 것이었다. 80대의 수준을 90세까지 지속시켰으면 좋겠다는 의견이었다. 이런 얘기를 할 때마다 나 혼자 기억에 떠올리는 일이 있다.

93세의 정석해 선배 교수를 모시고 어디론가 가고 있었다. 내 오른편에 앉아 계시던 선생이 "가만있자, 김 교수 연세가 어떻게 되었지요?"라고 물었다. "76세입니다" 하고 대답했다. 한참 동안 침묵을 지키시던 선생이 "좋은 나이올시다"라고 했다. "내게도 그런 세월이 있었는데……"라는 부러움을 숨기지 않았다. 나도 속으로 90세를 넘겨서도 후회 없이 일해야겠다고 생각한 적이 있었다.

지금 돌이켜보면 나와 두 친구는 90세까지 계속 일한 셈이다. 대부분의 다른 교수들은 정년 후 가정으로 돌아가 사회활동 공간을 떠났으나 우리는 오히려 65세 이후에 더 보람 있는 삶을 지속했던 셈이다. 30세까지는 넓은 의미의 교육 기간이었고 60대 중반에는 직장인으로서의 생활을 끝냈으나 30년 가까운 후반기를 추가한 셈이다. 어느 기간이 가장 소중했는가. 사과나무가 사회에 열매를 남기듯이 우리에게는 노년기가 더 보람 있는 인생이었다고 생각한다. 나 자신은 60세부터 80세까지가 인생의 황금기였다고 믿는다.

지금은 어떻게 되었는가. 모든 사람이 60세에 늙었다고 생각지 않는다. 80세 정도가 되면 '늙었는가' 하고 스스로에게 물어볼 때가 된 것이다. 두 단계 인생을 세 단계로 연장시켜야 할 때가 되었다. 할 일이 많은 사회이기 때문에 더욱 그렇다고 생각한다.

이런 얘기를 하면, 개인적으로 90세 이후에는 어떠했는가, 하고 묻는다. 내게 있어서 90세는 넘기 힘든 강이나 높은 산 앞에 직면한 것 같은 상황이었다. 잦아드는 정신, 인간적인 고독감과 신체적 노쇠, 현실과의 갈등이 있었다. 90세를 전후해서는 대화를 나누던 사람들이 모두 세상을 떠나거나 거동이 자유롭지 못했다. 김태길 교수는 90세를 앞두고 먼저 떠나고 안병욱 교수도 출입이 힘들어졌다. 예상 못 했던 노인성 치매 현상이 나타나기도 했다. 신체와 정신적 건강의 균형이 유지되지 못했다. 서영훈 적십자 전 총재는 정신력은 여전한데 신체적 병고 때문에 병원에 머물렀고, 강영훈 전 총리는 신체 건강은 여전한데 정신적 병약 때문에 일을 하지 못했다. 90세가 넘으면 누구에게나 찾아드는 부담이 고독과 질병이다.

그렇다고 주어진 나머지 인생을 포기할 수는 없었다. 가는 데까지 가보자는 의지로 재출발했다. 혼자 가는 나그넷길 같았다. 95세까지는 그런대로 일을 계속

했다. 80대와 별로 차이를 느끼지 못했다. 그러나 그 뒤로는 신체적 건강이 현저히 쇠퇴하기 시작했다. 내 몸이 종합병원 같다는 생각이 들었다. 시력, 청력을 비롯해 다리 힘이 빠지기 시작했다. 지구의 인력이 이렇게 강했는가, 하고 혼자 웃었다. 그러나 정신력의 약화는 별로 느끼지 못했다. 기억력은 약화되는 듯해도 사고력에는 변화가 적었다. 내 주관적인 판단만이 아니다. 한 신문사에서 좋은 책의 저자들을 열 명 추천했는데 나도 그 안에 들어 있었다. 나는 생각해보았다. 문장력은 이전만 못해졌지만 사상에 있어서는 다른 50, 60대의 저자들보다 뒤지지 않았던 것 같다. 내 책이 사회적 관심을 끌었던 것도 사실이다. 그때가 97세였고, 국제도서전의 홍보대사로 위촉되기도 했다. 그러나 내 안에 정신적 건강과 신체적 노쇠 현상의 격차가 뚜렷해졌다. 지금은 내 정신력이 신체와 점점 거리감이 멀어짐을 느낀다. 늙을수록 강한 정신력이 신체의 건강까지 부담하는 상황이 되었다.

그러나 주어지는 일과 하고 싶은 일은 줄어들지 않

았다. 99세 때 「조선일보」와 「동아일보」에서 칼럼을 부탁해왔다. 「동아일보」는 지금도 계속하고 있다. 「조선일보」의 글들은 작은 책 두 권으로 출간됐다. 그중의 한 책은 중국어로 번역되기도 했다. 「조선일보」가 끝나면서 「중앙일보」의 청탁을 받아들여 지금도 칼럼을 계속 쓰고 있다. 코로나19 때문에 시간의 여유가 생겨 부담 없이 써놓았던 글들이 『그리스도인으로 백년을』로도 출간되었다. 잘되면 연말쯤 칼럼에 발표했던 글들도 한 권의 책자로 출판되기를 바란다. 지금 내 나이는 2023년 4월, 만 103세가 되었다.

이런 내용들을 정리해보는 것은 부끄럽기도 하고 거북스러운 일이기도 하나 돌이켜보면 90의 나이에 다시 출발하기를 잘했다는 위로를 받는다. 앞으로는 많은 후배들과 지성인들이 모두 나와 같은 길을 걷게 되지 않을까, 하고 생각한다.

꿈같은 얘기가 아니다. 그렇게 되는 것이 인간적 생존의 원칙이다. 한 번밖에 없는 인생의 길을 스스로 중단시켜서는 안 된다.

어느 학생보다도 열심히 공부하는 교수가
훌륭한 스승이 되며,
어떤 사원보다도 성실히 노력하는 윗사람이 되어야
그 회사가 발전할 수 있지 않겠는가.

오래전 일이다.

나는 어떤 큰 기업체의 사원 교육에 참여한 일이 있
다. 참여라야 110분 동안 정신교육 시간을 맡아주는 일
이었다. 일반 사원 교육이 끝나면 중간 관리층을 교육
하고, 그 과정이 끝나면 고급 관리자들에게 약간 높은
수준의 강의를 해주는 책임을 맡은 것이다.

그런데 관리자 교육이 끝난 뒤 여론조사를 해보니,
"우리만 교육을 받았다고 해서 무슨 도움이 되겠는가,
임원진이 교육을 받아야 일체감도 생기고 회사 전체의

새로운 출발과 발전이 가능하지 않겠는가" 하는 제안
이 압도적으로 많았다.

그 결과를 접한 교육 책임자들은 상당히 부푼 기대
를 안고 희망 사항을 회사 본부에 전달했다. 이 정도의
여론이면 교육의 성과는 좋았다는 평가이며, 고위직들
까지 교육에 동참한다면 소기의 목적에 도달할 수 있
겠다는 긍정적인 방향을 포착한 것으로 여겼기 때문
이다.

그런데 뜻밖의 결과가 들려왔다. 사장으로부터 내려
온 응답은 "교육은 사원들을 위한 것이었으니 당신네
들이나 만족하면 그것으로 되지 않았느냐. 윗사람들에
대한 교육 운운하는 주제넘은 요청은 받아들일 수 없
다"라는 것이었다.

그렇게 되니까 자연히 나도 임원들을 위한 강의는
맡을 필요가 없어졌고, 그 회사에 대한 관심은 점차 뇌
리에서 사라지게 되었다.

그리고 2년 반쯤 지났을 때였다.

어느 날, 바로 그 큰 회사가 운영 부실로 인해 경영권이 다른 기업으로 넘어가게 되었다는 신문 보도를 보게 되었다.

나는 그 신문 내용을 읽으면서 착잡하고 우울한 상념에 잠겼다. 큰 규모의 회사였고 국제적인 불황의 물결이 있었던 것도 아닌데 어째서 그렇게 되었을까, 하는 의문과 동시에 우리나라의 여러 기업체들이 같은 운명에 빠지게 되면 어떻게 하는가, 하는 의구심을 누를 길이 없었다.

만일 그때 그 회사의 운영 책임자들이 성실하게 교육에 임했다면 결과는 달라지지 않았을까 싶은 생각이 들기도 했고, 역시 배우고 성장하려는 노력을 포기한 경영인들은 도태되기 마련이라는 뜻을 굳혀보기도 했다.

기업과 같은 큰 조직을 성공적으로 이끌어간다는 것은 좀처럼 쉬운 일이 아니다. 한두 차례의 교육으로 그 결과가 좌우되는 일은 더욱 있을 수 없다. 그러나 그 교만하고 노력이 없는 정신 자세는 크게 반성해야 한다.

그런데 문제는 그 회사에 그치지 않는다. 우리 주변의 많은 지도층 인사들이 비슷한 과오에 빠지는 게 아닐지 걱정을 하게 된다.

윗자리에 올라간 처음에는 성실하게 노력하고 겸손한 자세를 취하던 사람들도 세월이 지나면 스스로를 과신하게 되며, 심지어는 내가 아니면 안 된다는 자만심을 갖곤 한다. 다른 사람이 그 직책을 맡았다면 훨씬 더 좋은 업적을 올릴 수 있었을 텐데도 나 이상의 지도자가 없는 것 같은 착각에 빠지기까지 한다.

그 정도가 심해지면 지도자가 따로 있고 지도받아야 할 사람이 결정되어 있는 것 같은 오판을 한다. 정화를 시키는 계층이 있고 정화를 받아야 할 사람들이 따로 있는 듯이 속단해버린다. 그래서 선진사회에서는 볼 수도, 들을 수도 없는 '뿌리를 뽑는다'는 표현을 매일같이 들어야 하는 세상을 만들기도 한다. 하루속히 시정되어야 할 리더들의 정신 자세가 아닐 수 없다.

그러나 긴 세월이 지난 요즘은 많은 것이 변하고 있다.

요사이는 큰 기업체의 임원과 간부들이 오히려 더 열심히 배우며 성실하게 노력하는 모습을 자주 보게 된다. 다른 기업체들과 선의의 경쟁이 불가피해졌으며, 글로벌 시대에 국제 무대에서 살아남기 위해서는 임원들 자신이 더 벅찬 과제를 책임지지 않을 수 없기 때문이기도 하다.

외국의 경우는 더 진지한 것 같다. 사장들과 경영진들이 새로운 학설을 배우며 계속적인 연수와 연구 회의에 참석하지 않고는 발전적인 경영을 지속할 길이 막히게 된 실정이기 때문이다.

우리도 하루속히 그런 풍토와 책임감 있는 지도자의 위치를 굳혀가야겠다.

어느 학생보다도 열심히 공부하는 교수가 훌륭한 스승이 되며, 어떤 사원보다도 성실히 노력하는 윗사람이 되어야 그 회사가 발전할 수 있지 않겠는가.

그러므로 우리 모두가 교만을 버리고 성실하게, 항상 문제의식을 갖고 미래에 도전하는 창의적이고 발전적인 노력을 더해가야 한다.

될 수 있으면 젊어서가 좋고, 그렇지 않으면
중년 넘어서라도 꿈을 갖는 것이 좋다.
나에게 뚜렷한 목표와 희망이 있어야 한다.

꿈이 있는 사람과 꿈이 없는 사람

"이다음에 50, 60세쯤 되었을 때 어떤 직업을 가지고 사회생활을 이끌어갈 수 있을까" 하는 꿈을 가진 사람과 그렇지 않은 사람은 다르다. 그 꿈이 있는 사람들은 사회적으로 보람 있게 산다. 그 꿈이 없는 사람들은 평범하게 살다가 인생을 끝내고 만다. 결국은 내 인생에 대한 목표를 설정하는 것이 교육인 것이다.

내가 중학교를 다닐 때 부러워했던 친구들이 있다. 그 가운데 한 사람이 윤동주 시인이다. 윤 형은 중학생 때부터 "나는 이다음에 시인이 되어 50세가 되고 60세가 돼도 시인으로서 내 인생을 살 것"이라는 뜻이 뚜렷한 사람이었다. 나는 옆에서 보면서 '윤해환(윤동주의 아명), 지금은 병아리 시인이지만 이다음에 큰 닭이 되면 사회에 울림을 줄 것이다'라고 생각하곤 했다.

소아과학 발전을 주도한 국내 소아심장학의 태두 홍창의 박사는 나와 중학교를 같이 다닌 오랜 친구다. 중학생 때부터 누구와 얘기하게 되면 "나는 이다음에 소아과 의사가 되는 게 꿈이다"라고 했다. 의사가 되겠다는 친구는 있어도, 소아과 의사가 되겠다고 하는 사람은 없었던 시절이다. 홍창의 박사가 왜 소아과 의사가 되겠다고 말했는지 생각해봤다. 옛날에는 잘 자라지 못하고 일찍 죽는 아이들이 많아 '내가 이다음에 좋은 소아과 의사가 되어서 저 애들을 도와줘야겠다'라는 마음이 어렸을 때부터 있었던 것 같다. 목표가 뚜렷하니까 서울대학교 의과대학을 나와 우리나라의 가장 존경받는 소아과 전문 의사가 되었다. "나는 우리나라 어린애들의 건강을 위해서 희생하겠다"라며 살아오신, 인격적으로 존경스러운 분이다.

내가 많은 학생을 보니, 대학교 2학년을 넘어서도 꿈이 없는 사람들은 평범하게 산다. 그런 사람들이 제일 많이 하는 게 성적이 좋으니 국가고시를 보는 것이다. 물론 그것도 좋지만, 같은 국가고시를 보더라도 결국 사회에 업적을 남기고 역사적인 책임을 감당하는 사람들은 꿈이 있는 사람들이다.

그래서 될 수 있으면 젊어서가 좋고, 그렇지 않으면 중년 넘어서라도 꿈을 갖는 것이 좋다. 50세가 넘어서도 "나는 내 인생을 이런 방향으로 이끌어가겠다" 하는 사람들이 보람을 느끼고 성공하게 된다. 그러므로 스스로가 교육에 대한 생각을 바꿔야 한다. "내가 고등학교 나왔다, 대학 나왔다" 하는 것에 연연할 필요가 없다. 다만, "나머지 60리, 70리를 내가 이끌어갈 수 있는가" 하는 책임을 가져야 한다. 그리고 나에게 뚜렷한 목표와 희망이 있어야 한다.

내가 공부하던 시절의 중학교 교육과정은 5년이었다. 중학교 4학년 때 '철학을 공부해서 철학자가 되면 좋겠다'는 뜻을 세웠다. 50, 60세가 돼도 철학 공부를 계속하겠다 했는데, 그때는 철학 공부하는 사람은 밥을 굶는다고 하던 시절이었다. 학과 중에서 제일 직업을 가지기 어려운 게 철학이다. 철학 공부한다고 하면 다들 '큰일 났구나, 장가도 못 가겠네'라고 생각했다. 그런데 쭉 살아보니, 모든 분야에서 앞서기만 하면 대우 받으며 행복하게 살 수 있다.

나는 연세대학교 문과대학 소속이었는데, 문과대학 교수들은 의과대학 교수를 부러워했다. 아마 의과대학 교수들이 우리 과 대학 교수보다 봉급이 배가 조금 넘을 것이다. 의과대학 교수들은 수입이 많고, 문과대학 교수는 상대적으로 수입이 적다. 나도 그렇게 살았다. 그런데 철학 계통을 했어도 그 분야에서 앞서게 되자, 내 수입이 의과대학 교수보다 많아졌다. 단적인 예지만, 무엇이 좋은지 생각하지 말고 어느 분야에서든 앞서도록 노력하는 것이 중요하다.

교육의 변화를 느끼게 되면 누구나 일을 하게 된다.

30세부터 60대 중반까지는 누구나 사회생활을 해야 한다고 생각한다. 그러나 이제는 일에 대한 관념이 많이 달라졌다. 내 세대 때는, 남자들은 사회에 가서 일하고 여자들은 가정일을 맡음으로써 남녀의 일이 구별되는 줄 알았다. 그런데 선진 국가라면, 이런 사고방식은 불필요하다. 남녀 모두 사회생활을 하며 가정일은 함께 한다. 이제는 우리가 남자 일, 여자 일을 구별할 때가 아니다.

멀리서 찾을 것도 없다. 미국에 사는 큰딸 집에 가면 의사인 사위가 병원에서 일하고 집에 돌아와 아무 일도 안 하고 신문을 보고 앉아 있다. 내 딸도 종일 일하고 왔는데 혼자 밥을 하는 것이다. 큰사위가 "저녁 아직도 안 됐어?" 그런다. 가만히 보면 내 딸이 1.5배 더 고생한다. 혼자 바깥일도 하고, 안의 일도 하고 있기 때문이다.

서구 사회에서 대학을 나온 여자가 직업을 갖지 않는 경우는 거의 없다. 대학 나온 여자가 일을 하지 않으면 "대학까지 나온 여자가 아무 일도 안 하고 있나"

하고 동네 사람들이 흉을 볼 것이다. 그러니 다 같이 일을 한다. 내 막내딸은 대학교 2학년 때 미국으로 가고 사위는 고등학교 시절을 미국에서 자랐는데, 막내딸 집에 가보면 큰딸네와는 다른 풍경이다. 내 딸은 교수고 사위는 의사인데, 일하고 오면 부엌일도 함께, 청소도 함께하고 집안일을 다 같이 한다. 내가 가면 내 딸보다 사위가 음식을 만들어주는데, 더 잘 만들곤 한다.

사회에서 "여성들의 활동을 평균해보고 남성들의 활동을 평균해보면 어느 쪽이 높으냐?" 하는데, 선진 국가에 갈수록 비슷하지만, 후진 국가에 갈수록 남성들의 사회활동이 많아진다. 뿐만 아니라 "역사에 기념할 만한 일은 남자들만 해야 한다"라는 생각을 갖고 있다.

그러나 영국을 경제적 번영으로 이끌었던 대처 수상을 보면, 그 모든 것이 그가 여성이었기 때문에 가능했다고 생각한다. 지금도 영국 사람들은 "대처 수상 같은 사람이 또 나와야 한다. 그런 사람이 없다"라고 기대하고 있다.

내 개인적인 생각이지만, 세계에서 일하고 있는 대통령이나 수상 등 많은 지도자 가운데 누가 가장 존경스러운 지도자인지 물으면 나는 주저하지 않고 독일의 메르켈 수상이라고 답할 것이다. 동독에서 목사의 딸로 태어난 그녀는 정말 훌륭한 사람이다. 그런 정치 지도자가 30년 전에 열 사람만 더 있었으면 세계 역사가 달라졌을 것이다. 이상과 가치관이 훌륭한 그의 행보를 보면 그만큼 훌륭한 지도자는 나오기 어려울 것 같다. 그렇게 보면 이제는 남녀가 다 똑같이 일하는 사회가 된 것이다.

우리 일생에서 가장 소중한 보화가 있다면
그것은 아름다운 감정이다.
감정의 아름다움은 인간의 생활 자체를
아름답게 만들어준다.

청춘들의 대화가 아름다워지기 위해서는

후배 한 사람이 캐나다에 살고 있었다. 여러 해 전 어린 두 딸을 데리고 이민을 갔다.

어느 해인가 그 후배가 다 성장한 두 딸을 데리고 한국을 다녀가게 되었다. 아버지는 두 딸에게 "오래간만에 조국에 왔는데 우리나라에서 살면 좋겠다는 생각이 들지 않아?"라고 물었다. 잠시 생각에 잠겼던 딸이 "여행하는 것은 좋은데 살기는 힘들 것 같다"라는 대답을 했다. 그 말을 들은 아버지의 마음이 밝지 못했다는 것이다.

그 얘기를 들은 나도 딸들의 마음을 짐작할 수 있을 것 같았다. 그 딸들은 한국에서 여러 가지를 보고 느꼈을 것이다. 교통의 혼잡스러움, 예절과 교양이 없는 일부 사람들의 모습, 무뚝뚝한 표정과 태도, 다른 사람의 기분이나 처지는 아랑곳하지 않는 친구들의 매너도 피곤스럽게 느꼈을지 모른다. 작은딸은 왜 그렇게 모든 사람이 거칠고 전쟁을 하는 듯이 사는지 모르겠다는 얘기를 했다.

내 후배의 이야기도 그랬다.

"저녁때 딸들과 함께 TV 드라마를 볼 때는 저희들도 뜻밖의 장면을 보고 의아해집니다. 배우들이 소리를 버럭버럭 지른다든지, 큰 목소리로 엉엉 울어대거나 야비한 말들을 쓸 때는 딸들과 함께 보기가 쑥스러워지곤 했습니다"라는 것이었다.

우리는 그런 얘기를 들으면 드라마의 줄거리가 그런 것을 어떻게 하느냐고 반문할지 모른다. 그러나 캐나다에서는 부모들이 실제로 방송국에 항의를 하곤 한다. 우리 아들딸들은 저런 말을 쓰지도 듣지도 못하고 자라는데 TV에서 보고 배울 것 같아 걱정스럽다는 지적인 것이다.

생각해보면 그렇다. 곱게 자란 아들딸들이 결혼을 한 뒤, 부부 싸움을 하는 경우가 생긴다. 그럴 때는 격앙된 감정을 참을 수 없어 크게 소리를 지른다든지 괴로운 표정과 말을 쓰게 된다. 그것을 본 배우자는 속으로 걱정한다. 내 남편이 또는 아내가 어떻게 저런 야비한 표정과 말을 쓸 수 있을까 하고. 그러고는 '역시 가정교육이 좋아야 한다더니 그런가보다', '내 배우자는 어떤 부모 밑에서 자란 것인가?'와 같은 상념에 사로잡힐 수가 있다.

그러나 사실은 TV에서 보고 들었던 말과 표정이 튀어나오는 것이다. 그런 행동이 습관화되면 마침내는 자신도 모르게 아름다운 감정과 생활에서 이탈하게 된다. 그런 사실을 걱정하는 부모들이 방송국에 항의하는 것은 당연한 일이다.

그러나 우리들의 생각은 그렇지 않다. 있는 현실을

밝히는 것이 예술이며, 삶의 실상은 숨길 필요가 없다고도 말한다.

한편, 반드시 그런 것은 아니다. 엉엉 소리를 내고 울어야 슬픔을 표시하는 것은 아니다. 얼굴 표정으로도 충분히 슬픔을 보여줄 수 있으며, 때로는 허탈감에 빠진 미소가 비참함을 훨씬 더 잘 표현할 수도 있다.

나도 얼마 전에 어떤 드라마를 보다가 TV를 꺼버린 경우가 있다. 양반집의 종들이 곤장을 맞는 장면이었다. 온몸을 떨면서 고통을 참아내는 장면쯤은 3~4초 정도로 족하다. 그 처참한 모습을 오래 계속해서 보여주어야 비극적인 고통을 충분히 나타낼 수 있다고 생각한다면 유치한 작품 구성일 것이다. 그런 장면을 딸들과 계속해서 보는 어머니는 없을 것이다.

TV 드라마도 하나의 예술이다. 예술은 아름다움과 정서적 공감과 순화가 있어야 한다.

이야기가 궤도에서 벗어난 것 같다. 후배의 딸들이 한국에 여행은 와도 살기는 힘들 것 같다는 말을 했다는 내용을 기억하다가 추리해본 것뿐이다.

한 가지만 더 얘기해보자.

얼마 전이었다. 마침 민방위 훈련 시간에 걸렸기에 강남의 큰길을 차로 달리다가 눈에 띄는 큰 식당으로 들어섰다. 점심을 겸해 시간을 보내고 싶어서였다. 식당 한쪽에서는 중년 여성들이 모여 떠들고 있었다.

옆에서 정신을 차릴 수가 없을 정도로 너무나 시끄럽게 떠들어대어 종업원에게 "무엇을 하는 손님들이지요?"라고 물었더니 동창회의 계모임이라는 설명이 돌아왔다. 나는 그럴 것 같다고 짐작했다. 오랜만에 반가운 옛 친구들을 만났으니 여러 가지 이야기가 있을 것이다. 그러나 내 아내나 내 자녀들이 저 속에 끼어 있다면 어떨까, 하고 생각해보았다.

만일 다른 나라의 사람들이라면 어떠했을까, 하는 생각을 해보기도 했다. 문화의 차이라고 해야 할지, 교양의 문제라고 보아야 할지 잘 모르겠다.

그러나 이런 향기롭지 못한 이야기는 그치기로 하자. 그 자체가 목적은 아니기 때문이다. 외국에 가서 사는 교포들, 특히 우리 젊은 청년들이 가능만 하다면 한국에서 살고 싶다는 생각을 갖도록 할 수는 없을까. 다른 나라의 청년들이 우리도 한국 젊은이들처럼 살면 좋겠다고 부러워할 정도로 아름다운 청춘들이 많은 한국이 될 수 없을까.

여기에 한 가지 제언하고 싶은 것이 있다. 아주 쉽게 구체적으로 밝힌다면, '청춘들의 아름다운 대화'가 있는 사회가 되었으면 좋겠다는 소망이다.

그 첫째가 품위 있고 아름다운 대화일 것이다. 그렇게 되기 위해서는 무엇보다도 기초적인 교양이 앞서야 할 것이다. 교양이란 교육을 받았다는 뜻이다. 우리는 학교에만 가면 교육이 되는 것으로 착각하고 있다. 물론 학교에 가면 글을 배우며 지식을 얻는다. 그러나 학교에 다녔다는 말을 글자 그대로 교양을 갖춘 것으로 착각해서는 안 된다. 대학은 나왔지만 교양이 전혀 없는 사람이 있고, 학교를 다 다니지 못했어도 품위와 교양을 갖춘 사람이 있다. 그래서 어떤 이들은, 교양은 학교보다도 가정과 문화의 문제라고 이야기한다.

나 자신도 시골에서 막 자란 편이었다. 품위 있는 가정에서 자란 내 친구들에 비하면 부족한 점이 너무 많음을 발견하고 부끄러움을 느낀 젊은 시절이 있었다.

청춘들의 대화가 아름다워지기 위해서는 많은 젊은 이들이 교양이 있고 품위를 갖춘 자세를 가져야 한다. 또한 지적으로 빈곤함이 없어야 하겠다.

말하자면 어느 정도의 지식을 갖추며, 생각하면서 사는 습관을 들여야 한다. 아는 것이나 생각하는 바가 없는 사람은 자신의 감정과 기분만을 털어놓기 때문에 대화의 내용이 빈곤해지며 쓸데없는 것을 큰 목소리로 떠들게 된다.

지식인들의 대화와 아까 내가 예로 든 정신없이 시끄러운 모임의 대화를 비교해보자. 한마디 속에 열의 뜻을 담은 말이 있고, 열 마디를 떠들어도 내용이 없는 이야기가 있다. 지적으로 무게가 있는 사람은 감정과의 조화로운 말을 하고, 생각 없이 건성으로 떠드는 사람은 아름다운 대화를 하지 못한다.

대화가 아름다워지기 위해서는 감정이 세련되고 아

름다워져야 한다. 우리 일생에서 가장 소중한 보화가 있다면 그것은 아름다운 감정이다. 감정의 아름다움은 인간의 생활 자체를 아름답게 만들어준다. 감정이 거칠거나 조잡한 사람이 아름다운 대화를 갖는다는 것은 쉰 목소리로 노래를 부르는 것같이 우리에게 혐오감을 줄 뿐이다.

만일 어떤 젊은이가 예술적인 소양을 갖추었다든지 조용한 종교적 신앙을 지니고 있다면, 그러한 청년들의 대화는 자연히 어떤 수준의 내용과 아름다움을 갖춘 것이다. 말은 정서의 표현이며 신앙은 상대방을 사랑하며 위해주는 품성과 마음을 겸비하고 있기 때문이다.

나는 젊은이들의 아름다운 대화가 우리 사회를 더욱 아름답게 해주리라 믿는다. 우리 모두가 아름다운 삶에 머물 수 있다면 그보다 더 값진 것이 없을 것 같다는 생각을 해본다.

민주주의 국가의 두 얼굴

우리 국민들이 차라리 다른 나라로 이민이라도 갔으면 좋겠다고 말하던 때가 두 차례 있었다. 전두환 정권이 등단했을 때와 노무현 정부의 혼란기였다. 전두환 때에는 내가 아는 세 가정도 이민을 갔다. 이민을 갈 수 있다면 어느 나라를 소망하느냐고 여론조사도 했다. 고려대 학생들과 공무원의 절대다수가 캐나다를 꼽았다.

나도 여러 차례 캐나다를 방문했고 그곳에 친지들도 많이 살고 있다. 자기가 거주하는 국가에 대해 불평불

만이 가장 적은 나라가 캐나다. 전택균 씨는 내가 가까이 지낸 친구였다. 그가 나에게 했던 이야기를 지금도 기억하고 있다. 자기가 20, 30대일 때 캐나다가 다른 나라와 전쟁을 한다면 기꺼이 지원해 입대하겠다는 것이었다. 캐나다가 국민을 위해 이렇게 잘해주는데, 캐나다가 무너지면 나와 가족이 행복을 누릴 수 없기 때문이라는 이유에서였다. 그러면서 한두 가지 예를 들었다.

딸이 LA에 살기 때문에 미국에 갔다가 심장병이 발견됐다. 미국의 의료비를 감당할 수가 없어 걱정했는데, 캐나다 시민이기 때문에 2주간 입원 치료를 받고도 공짜로 돌아왔다는 것이다. 모든 비용을 캐나다 정부가 지불했기 때문이다.

그가 한국인이 많이 사는 토론토시에 살다가 가까운 중소도시로 이사를 갔다. 10여 일 지났는데 시도서관에서 연락이 왔다. 이러이러한 한국 책이 있고, 또 원하는 도서를 주문, 비치할 수 있으니 빌려다 보거나 주문하라는 통지문이었다. 자기도 내 책을 읽지 못하다가 캐나다에 와서 읽게 되었다는 것이다. 나도 토론토시립도서관에 들렀다가 내가 쓴 책 여러 권을 본 적이 있다. 내가 캐나다로 여행을 갈 때도 초청자가 15달러의 보험금을 지불해주면 캐나다에 머무는 동안은 무료로 병원의 도움을 받을 수 있다. 그러면서 자기는 한국에 있을 때는 세금은 될 수 있는 대로 적게 내고 장로로서 교회헌금을 많이 바쳤는데, 캐나다에 와서는 교회 헌금보다 세금을 더 많이 내며 그것이 아깝지 않다고 고백했다. 내가 내는 세금이 나와 우리 가정은 물론 더 가난한 국민들을 위해 쓰이기 때문이라고 했다.

그런데 이상하게도 유능하고 장래성이 있는 인재들이 캐나다에서 미국으로 이주해가는 사례를 자주 보게 된다. 내가 토론토에 머물 때 고급 아파트의 게스트 룸을 이용했다. 같은 아파트에 내 제자 목사 부부가 살고 있었기 때문이다. 내가 그 목사에게 캐나다의 목사들은 대부분 은퇴하면 중산층 생활을 하는데 목사님은 어떻게 상류층 생활을 하느냐고 물었다. 아들이 의사가 되어 토론토병원에서 근무하다가 두 배가 넘는 대우를 받으면서 미국으로 떠나고, 며느리도 미국서 변호사가 되어 많은 수입이 생긴 덕분에 이렇게 잘살고 있다는 설명이었다. 그러면서 캐나다보다 살기 좋은 나라가 없는데 유능하고 장래성 있는 젊은이들이 미국으로 가는 것이 문제라고 했다.

평범한 사람이 살기 좋은 나라는 캐나다고, 유능하고 창조적인 의욕을 가진 사람은 미국을 선호한다는 인상을 받았다. 안정된 삶을 원한다면 캐나다, 선의의 경쟁을 원한다면 미국을 택하는 것 같았다.

나는 캐나다보다 미국을 방문할 기회가 더 많았다. 세 딸이 미국에 살고 있기 때문이다. 그런데 가난하게 고생하는 미국 사람들에게, 왜 캐나다 같은 나라로 이민 가지 않느냐고 물으면 어째서 미국을 떠나느냐고 반문한다. 나도 열심히 노력하면 다른 사람들처럼 잘살 수 있다며, 이렇게 살기 좋은 나라를 왜 떠나느냐고 한다. 가장 불평을 많이 하면서도 미국을 떠나지 않고 사랑한다. 미국은 다양한 민족이 살기 때문에 민족애 같은 것은 보이지 않는다. 그러나 애국심은 철저하다.

내 나라니까 위하고 사랑한다는 열정이다. 원인은 무엇일까. 역시 자유에 대한 사랑과 희망이다. 가장 이기적인 개인들이 사는 것 같아도 개인의 자유를 최고의 가치라고 믿는다.

비슷한 현상은 다른 국가와 사회에서도 나타난다. 뉴질랜드는 세계에서 가장 안정되고 평화로운 사회다. 그런데 유능하고 꿈을 가진 시민들은 호주로 진출한다. 호주에서 선의의 경쟁을 원하는 유능한 인재는 캐나다나 영국으로 떠나간다. 자신의 능력과 장래를 위한 선택이다.

이런 현상을 보면서 나는 민주주의 국가의 두 얼굴을 떠올려본다. 캐나다와 같은 '사회민주주의'와 미국이 대표하는 '자유민주주의' 양면이다. 어느 편이 더 소망스러운가. 우리는 어떤 선택을 해야 하는가.

캐나다를 비롯한 큰 나라들은 천연자원을 풍부히 갖고 있다. 유럽의 선진국들은 이미 국민소득을 높이 쌓아 올린 부잣집 같은 위치에 있다. 국민소득 5만 불까지 갖춘 나라들이다. 우리는 부여된 자연 조건이 없다.

북한보다도 자원이 없는 편이다. 또 한 가지는, 자유 민주국가는 창조적 성장 열정이 강하나 사회 민주국가는 늙은 사회와 같아서 경쟁에서 승리할 가능성을 갖추지 못한다. 그래서 우리는 선택의 여지보다는 주어진 시장 경쟁의 승리가 필수 조건이다. 미국의 경제정책을 받아들인 일본이 세계 제2의 경제국이 되었고 대만까지도 국민 평균 경제력이 중국을 앞지르고 있다. 홍콩도 그랬다. 우리도 지금까지 이들과 같은 자유경제와 인권 존중의 민주 정책을 계승해오고 있다. 다행스러운 선택이었다. 교육 수준이 우리보다 높은 아시아 국가가 없고, 창의적 개성을 갖춘 민족임을 세계적으로 인정받고 있다. 국민 각자가 대한민국의 주인 의식을 갖고 단합, 헌신할 수 있다면 머지않아 다른 국가들과 대등한 선진 국가로 성장할 수 있다. 창조적인 정신문화와 선한 사회질서가 동반된다면 대한민국이 아시아를 대표하는 선진 국가로 등장할 때가 올 것이다.

세상에서 가장 살고 싶은 곳이 있다면

설 명절 때였다. 인천공항에 외국으로 나가는 여행객들이 많아졌다는 얘기가 나왔다. 일본으로 가는 사람은 점점 더 많아지는데 중국으로 가는 사람은 줄어드는 것 같다는 얘기도 있었다. 내 옆에 있던 후배가 중국에 가보면 개인이나 단체로 관광하는 한국 사람은 자주 보게 되는데 일본 사람은 보지 못했다는 말을 꺼냈다. 나에게 왜 그럴까, 하고 물은 것 같았다. 내가 웃으면서 일반적으로 선진국 사람들은 후진국에 가기를 꺼린다고 했다. 20여 년 전 내가 김진경 총장이 있는 연변과학기술대학을 방문하기 위해 연안에 머물렀던 상황을 설명하면서 우리도 아프리카 지역에는 많이들 가지 않는 것과 비슷한 상황이라고 말했다.

우리나라를 찾는 관광객도 마찬가지다. 어떤 외국인들이 다녀가는지, 또 다녀가서 어떤 소감을 전해주는지 살펴볼 필요가 있다. 관광지 선택 시 생활수준을 고려하지만 국민 교양 수준이 더 큰 비중을 차지한다.

한·중·일은 앞으로도 계속 내왕이 많아질 것이다. 또 그렇게 되어야 한다. 그런 미래를 위해 정부기관과 국민들 스스로가 많은 반성과 개선이 필요하다. 우리나라가 적어도 동북아시아에서는 교양과 윤리 의식, 외국인을 대하는 자세 등에서 중국이나 일본보다 앞서는 나라가 되었으면 한다. 그런 점에서는 두 나라가 아직 우리보다 앞서 있는 듯하다. 그것은 국민교육의 결과이기 때문에 우리 청소년들에게도 국제사회와 세계 시민적 교양과 과제가 어떤 것인지 자부심을 갖게 해주는 것이 우리 기성세대의 소중한 책임이다.

자연이 청정한 곳을 가기 위해 노르웨이를 여행했

다. 세계 어떤 나라보다도 살고 싶은 유혹을 받았다. 그런데 여름철 백야(白夜)여서 그런지 낮과 밤의 격차가 크게 부담스러웠다. 새벽 두 시에 일어났는데 늦은 아침같이 느껴지고 밤 열두 시가 되어도 낮과 같이 밝았다. 낮에 잠들었다가 밤 없는 낮에 깨어나는 피로감을 감당하기 어려웠다. 겨울이 되면 그와 반대가 된다. 한 번쯤 경험해서 좋을지 모르나 평생을 살 곳은 못 된다.

한때는 하와이가 지상낙원인 듯이 찾아갔다. 그러나 1년 내내 여름밤이다. 겨울도 없지만 봄가을도 없다. 동남아시아 사람들이 눈 구경을 하고 싶어 한국을 찾는 이유를 알 수 있을 것 같았다. 70~80년을 여름에만 살아볼 생각을 해보라. 나 같으면 지루해서 못 살 것 같다. 내 딸이 미국 텍사스에 살고 있다. 영상 3~4도가 되었다고 해서 초등학생들이 추위를 이기지 못해 임시 휴교를 한다. 그곳은 1년의 열 달이 여름이다.

그와 반대되는 나라도 있다. 겨울만 있는가 하면 혹한의 추위로 고생한다. 캐나다 토론토에 갔을 때였다. 영하 50도가 되니까 문밖과 거리는 무인지경이 된다.

여름에 더위를 몰라서 좋지만 혹한의 추위는 지옥 같기도 했다.

이런 지역에 살아보지 못했기 때문에 우리와 같이 봄, 여름, 가을, 겨울이 골고루 찾아드는 고장이 얼마나 감사한지 모른다. 낮과 밤의 길이도 그렇다. 하지를 보내고 해가 짧아지기 시작해 동지까지 계속된다. 동지가 지나면 조금씩 길어지는 해를 기다리며 사랑하게 된다. 그런 재미를 모르는 지역의 사람들보다 너무 행복한 세상에 살고 있다.

여행은 왜 하는가. 아름다운 자연을 즐기고 문화적 유산에 참여하고 싶어서다. 우리가 그런 곳에 살고 있다. 문화는 만드는 것이지 주어지는 것이 아니다. 미안한 얘기지만 호주, 뉴질랜드, 남미의 나라들을 가본다. 문화유산을 즐길 곳이 적다. 그곳에 있는 박물관이나 미술관을 찾아가본다. 거의 볼 것이 없다. 어떤 이들은 파리 루브르미술관에 있는 그림 한 폭 값이 이곳 미술관보다 귀하겠다고 말한다. 호주 시드니에 있는 오페라하우스는 건물 자체가 예술 작품이다. 그러나 어떤 음악과 오페라와 음악이 연주되는지를 살펴보면 서울만도 못하다는 생각이 든다.

앞으로는 세계 여행자들이 자연이나 문화재보다 그 고장 사람들이 어떻게 사는지를 찾아볼 때가 올 것이다. 우리도 그에 맞춘 여건을 지금부터 가꾸어나가야 한다.

나는 제주도보다는 남해의 다도해를 볼 때마다 세계에서 가장 아름답고 살고 싶은 고장이라는 생각을 한다. 아름다움과 휴식은 물론 살고 싶은 해상공원이기 때문이다. 세계 여러 곳을 다녀보았으나 그런 조건들을 갖춘 곳은 없다고 느꼈다. 언젠가는 우리 후손들의 지혜와 노력에 따라 우리나라가 세상에서 가장 머물며 살고 싶은 마음의 낙원이 되었으면 좋겠다.

4

진리와 사랑의 해답

어떤 한계와 절망의 상태에서도 희망을 얻을 수 있다면
그 희망을 주는 종교적 신앙에 귀의해도 좋다.
신앙은 언제 누구에게나 희망과 편안함을 준다는 것이
그 뜻이다.

현대인에게도 종교는 필요한가

사회과학의 아버지라고 불리는 프랑스의 오귀스트 콩트는 세계 사상사의 흐름을 크게 세 가지로 구별했다. 처음에는 모든 사람이 종교적 신앙을 가지고 살다가 그 시대가 지나면 철학적 사상을 가지고 사는 역사로 발전한다. 그리고 철학의 시대가 지나면 과학, 즉 실증과학의 앞날이 전개된다고 보았다.

돌이켜보면 그의 생각에는 잘못된 것이 없었다. 옛날 사람들은 종교를 신봉했지만 인간의 지혜가 발달하면서 이성과 철학적 사상을 갖고 살게 되었다. 19세기 전반기까지도 그러했다. 그러나 지금은 과학의 시대가 되었기 때문에 종교의 무대는 사라져가고 철학의 영역도 좁아지고 있다. 오히려 현대는 과학보다도 과학의 부산물이라고 볼 수 있는 기계와 기술의 시대로 변질된 셈이다.

이런 현대에 살면서 아직도 종교적 신앙은 필요한가를 묻게 된다.

마르크스는 헤겔 좌파의 계통을 따라 유물론적 철학을 받아들였고 루드비히 포이어바흐의 유물론적 사회주의 사상을 발전시켰기 때문에 종교를 배척했을 뿐 아니라 그의 뒤를 따르는 정치인들도 그 사상을 따라 종교적 신앙을 박해하기에 이르렀다. 북한도 그 하나의 실례다. 종교를 아편과 같다고 혹평했을 정도였다.

그뿐만이 아니다. 지금도 정신적으로 가장 뒤처져 있으며 인도주의적 관점에서 보았을 때 불행과 비극을 당연하게 생각하고 있는 후진사회의 대부분이 종교사회들이다.

인도를 다녀본 사람들은 저들이 종교를 버리고 도덕

과 과학을 택할 수 있다면 훨씬 빠르게 선진사회로 진입할 수 있을 것이라는 생각을 하게 된다.

지금 전란과 테러를 정당시하고 있는 민족들의 배후에는 종교적 신앙의 독선과 배타주의가 있다. 인도에서 힌두교도들과 이슬람교도들의 분규를 보는 사람들은 종교의 후진적 죄악상을 인정치 않을 수가 없다. 아일랜드에서 벌어졌던 구교와 개신교의 대립을 보라. 종교의 후진성과 사회악의 원인을 누구도 부정할 수가 없게 된다.

이런 현대에 살면서도 종교는 필요하며 신앙생활은 건설적 의미를 갖는다고 볼 수 있을까.

개인에게 있어서도 그렇다.

종교가 있는 곳에는 미신이 따르기 마련이며 잘못된 미신 속에도 종교적 요소는 잠재되어 있다. 따라서 미신의 과오와 죄악성을 아는 적지 않은 사람들은 탈종교사회가 되어야 한다고 주장한다. 심지어는 종교적 신앙 대신에 과학적 사고와 도덕적 신념이 더 중요하며, 휴머니즘의 개발은 탈종교 시대를 가져올 것이라고 기대하는 사람들도 많다.

어떤 사람은 종교 기관과 종교적 행사에 쓰이는 경제적 소비를 가난한 사람들과 소외 계층을 위해 쓰는 것이 더 타당하다고 생각한다. 한국 사회에서도 같은 주장을 갖는 이들이 있다.

문제는 거기에 그치지 않는다. 잘못된 종교적 신앙에서 파생되는 사이비 종교와 미신적 행위는 줄어들지 않고 있는 실정이다. 그래서 종교를 위해 쏟는 경제력, 시간, 노력을 과학과 도덕을 위해 바치고 교육 발전에 쓸 수 있다면 개인과 인류는 훨씬 더 행복해질 것이라는 판단이 일반화되어가고 있다.

종교인들은 내가 믿고 있는 종교와 신앙이 최고라고 생각하고 있지만 그런 사고는 보편적인 것으로 인정받지 못하고 있다.

그렇다면 현대의 종교는 부정적인 측면만을 갖고 있는가. 그렇지는 않다. 잘못된 종교와 신앙이 불행의 원인이 되고 있을 뿐 종교의 긍정적인 측면은 인정받아야 한다. 잘못된 종교가 건전한 신앙을 창출해주는 방향으로 바뀔 수 있다면 현대야말로 신앙적 예언자가 필요한 시대라고 보는 사람들도 많다.

그렇다면 소망스러운 종교적 신앙을 위해 우리 모두가 종교 안팎에서 해야 할 과제는 어떤 것들인가.

도덕적 수준이 낮은 사회에서는 종교가 미신과 더불어 사회적 불행을 초래하는 예가 많으나 인간적 수준과 교육적 성장이 앞서는 사회에서는 종교의 긍정적인 기여도가 높다는 사실을 살펴보면 좋을 것이다.

그 결론을 먼저 찾는다면 모든 종교는 인간성 이하의 신앙, 즉 비이성적이거나 반이성적인 신앙을 넘어서야 하며 그로써 비도덕적이거나 반윤리적인 삶을 극복해야 한다는 데 있다. 이성적이지 않은 것은 미신이 될 수 있고 도덕적이지 못한 것은 우리의 삶을 무가치한 불행으로 이끌어갈 수 있기 때문이다. 지금 인류를 큰 불행으로 이끄는 대부분의 종교가 그 두 가지의 결정적인 과오를 범하고 있다.

어떤 신앙적 명분을 내세우더라도 건전한 이성적 사

고를 거부하거나 해칠 수는 없으며 우리들의 생활을 고통과 불행으로 이끌어갈 권리가 없다. 하물며 미신적 행위나 신이 우리에게 테러와 전쟁을 요청하고 있다는 식의 비상식적이며 반인륜적인 신앙을 정당시할 바에는 그 종교를 버려야 한다. 아직도 우리 주변에는 그런 비인도적인 행동을 종교의 이름으로 미화시키는 일이 많다.

기독교의 일부 지도자들까지도 자신들의 주장이 옳기 때문에 사회질서를 무시해도 된다는 식의 사고를 강조하는 경우가 있는데 이는 극히 위험하다. 그들이 범하는 과오는 잘못 해석된 교리를 위해 보편적인 진리를 멀리하며, 교회가 사회를 위해 있는 것이 아니라 사회가 교회를 위해 존재하는 것으로 착각하는 것이다.

더 걱정스러운 것은 다른 종교와 신앙인들을 적대시하거나 인간적 공존의 역사적 흐름에 역행하는 일들이다. 그래서 사람들은 한때 폐쇄적인 민족주의가 인류를 불행으로 이끌었고 최근까지는 독선적인 이데올로기가 우리를 억압했으며 지금도 배타적 종교 신앙이 우리의 장래를 위협한다고 평가할 정도다.

토인비나 칼 야스퍼스 같은 세계적인 역사가와 철학자들은, 마르크스주의는 오래 지속되지 못하지만 종교 때문에 오는 인류의 고통은 쉽게 가시지 않을 것이라는 우려를 표명하고 있다.

이런 면들을 감안한다면 종교 안에서는 물론 종교 밖에서도 종교를 대하는 모든 사람이 종교의 상황적인 면들과 시대적인 잔재들을 조속히 청산하고 이성적이면서도 도덕적인 신앙으로 탈바꿈할 수 있도록 혁신적인 노력을 가해야 할 것이다. 그렇지 못한 종교는 성숙한 사회가 될수록 설 자리를 잃게 될 것이다.

바른 신앙을 가진 사람이 교회 밖에 머물고 건전한 불교도가 사찰을 등지는 결과를 초래해서는 안 된다. 사회의 건전한 이성적 사고가 교리를 앞지르며 지성인들의 높은 도덕적 판단이 종교의 활동 영역을 억제하기 전에 종교의 내외적 혁신이 필요하다.

하나의 예를 들어보자.

우리나라에서 가장 많은 신도를 갖고 있는 것은 불교다. 이 불교 안에서 원불교가 탄생했다. 원불교에는 불상이 없고 절에서 볼 수 있는 그림이나 장식도 없다. 그것들은 옛날의 유물일 뿐 본래의 불교와는 상관이 없으며 미래의 불교를 위해서도 필요한 것이 아니라고 보는 것이다.

석가의 정신과 이상을 실현하는 것이 불교의 진정한 과제다. 원불교에서 학교를 세우며 교육을 가장 큰 임무의 하나로 보는 것은 지성적 판단 및 과학적 사고를 통해 불교의 모든 미신적 요소를 극복할 수 있고 인간다운 지성에 도달할 수 있다고 보기 때문이다. 원불교에서는 환자가 있다고 해서 부처님에게 치유를 빌거나 불공을 드려 쾌유를 바라지 않는다. 오히려 석가의 뜻은 의료 시설을 확장하고 의학 기술을 개발하여 환자를 치료해주는 것이라고 주장한다. 부처님께서 주신 건강과 순리의 치료를 역행하는 것을 잘못이라고 본다.

원불교의 3대 강령 중의 하나는 근면 정신이다. 열심

히 일해서 스스로의 경제생활을 영위하며 경제적 혜택을 나누어주는 근로정신을 높이 평가한다. 우리 모두가 게으름과 가난에 허덕이고 있을 때 황무지 개간과 농업 개발에 앞장섰던 고마운 정신을 우리 모두가 높이 평가하고 있다.

그렇게 하는 것이 우리 시대에 석가의 정신을 이어 가는 것이고 발전적이며 건설적인 해석을 내리는 것이다. 그리고 우리는 이런 변화를 미신에서 이성으로 가는 신앙, 현실도피에서 벗어난 참여와 건설의 종교라고 본다. 이성적으로 받아들일 수 있으며, 도덕적으로 수긍할 수 있는 신앙인 것이다.

그러나 여기에 삼가야 할 과제가 있다. 신앙이 비이성적인 면과 반이성적인 방향으로 가서는 안 되지만 초이성적인 면까지 반대하거나 거부해서는 안 된다는 점이다. 비도덕적이거나 반윤리적인 신앙은 배격해야 하지만 초윤리적인 분야까지 거부해야 하는 것은 아니다.

철학자들은 합리적인 사고로는 해명이 안 되는 직관

적인 인식이 가능하다고 말한다. 많은 종교적 체험을 겪은 사람들은 도덕적 학설이나 윤리적 교훈보다도 종교적 신앙에서 사랑과 봉사와 희생의 정신을 터득하고 있다. 그 위대한 능력의 원천을 신앙에서 받아들일 수 있다면 구태여 그 위대한 신앙의 힘을 윤리적인 규범에 묶어둘 필요가 없다.

우리는 슈바이처 박사나 테레사 수녀의 고귀한 정신과 삶을 높이 평가하며 그 뒤를 따르고 있다. 그러나 그 원동력이 된 것은 그들의 윤리 의식을 넘어선 종교적 신앙이다. 간디의 위대한 정신도 도덕의식에 뿌리를 두고 힌두교적 신앙이 더해져 가능했던 것이다.

그런 면에서 우리는 두 가지 사실을 깨닫게 된다. 종교는 초이성과 초윤리적인 영역에서 그 뜻을 갖춘다는 점과 그런 노력의 공인성(公認性)이 신앙 세계의 장래를 열어준다는 사실이다.

그 기본 조건과 기능 함수가 되는 것은 언제나 인간 목적과 휴머니즘의 완성에 기준을 두고 있다.

더 많은 사람들이 인간답고 행복하게 살 수 있도록

종교가 철학이나 윤리 이상의 기여와 혜택을 줄 수 있다면 종교적 신앙은 높이 평가받을 것이며, 우리는 그 믿음을 받아들여야 한다. 알라신 때문에 인간이 불행해져서는 안 된다.

그것은 잘못된 신앙이며 반도덕적이다. 야훼 때문에 인간들이 고통을 받아야 한다면 우리는 그 신앙을 포기해도 좋은 것이다. 불교 때문에 현대인들이 인간답게 살 방향을 상실한다면 우리는 민족의 장래를 위해서라도 불교를 거부해야 한다.

기성종교의 울타리를 벗어나지 못하는 사람들은 알라신을 위해서 이교도를 희생시켜도 마땅하며, 알라신을 훼방하는 사람은 신을 대신해서 우리가 벌을 내려야 한다고 착각한다. 구약을 신봉하던 시대의 사람들은 야훼가 이스라엘 부족을 위해 이민족을 수단과 제물로 삼아도 된다는 식의 과오를 범했다.

지금도 석가를 위해서 고통받는 것은 당연하며 하나님을 기쁘게 하기 위해 불교도들이 벌을 받는 것은 용

납될 수 있다고 오인하면 큰 잘못이다. 그런 석가의 뜻도 없으며 그런 믿음은 하나님의 뜻과 어긋나는 발상이다. 석가를 위해서가 아니라 석가와 같이 진리와 자비를 위해 고통을 나누는 것이다.

기독교가 순교자의 정신을 높이 평가하는 것은 하나님의 뜻에 따라 정의와 사랑의 역사가 이루어지며, 더 많은 사람이 인간답게 살 수 있도록 봉사했기 때문이다. 내가 너희를 사랑한 것같이 네 이웃을 사랑하라는 뜻 때문이다. 내 이웃을 내 몸같이 사랑하려는 신의 뜻에 따르는 인간애의 정신이 고귀한 까닭이다.

그렇다면 참다운 종교가 우리에게 줄 수 있는 것은 무엇이며, 우리는 신앙을 통해 무엇을 입증받아야 하는가.

누구보다도 성실한 삶을 찾아가는 동안에 인간적 관심과 과제의 해결을 이성과 더불어 계시에서 얻을 수 있어야 한다. 양심이 선악 판단의 고뇌를 느끼고 있을 때 영구한 선의 교훈을 받으며 도덕과 윤리를 완성으로 이끌 수 있는 교훈과 힘을 얻을 수 있어야 한다.

자유는 인간다움의 핵심이며 인격의 생명이다. 그 자유가 희망을 잃으면 우리는 삶을 영위해갈 수가 없다. 어떤 한계와 절망의 상태에서도 희망을 얻을 수 있다면 그 희망을 주는 종교적 신앙에 귀의해도 좋다. 신앙은 언제 누구에게나 희망과 편안함을 준다는 것이 그 뜻이다.

참다운 종교는 우리로 하여금 이웃들에게 사랑을 베풀 수 있도록 이끌어주어야 한다. 그것이 삶의 궁극적인 과제다. 우리가 구약이나 이슬람교의 교리에 대해 회의를 갖는 것은 이러한 종교의 방향을 역행하고 있기 때문이다. 그것은 오히려 인도주의에 입각한 도덕 수준 이하의 교훈이다.

비이성적인 신앙이 미신이라면 반인도적 폭력은 종교를 빙자한 죄악이 된다. 종교가 선과 악의 대립에 있어 도덕과 윤리보다도 근원적인 해석을 내리며 악과 선을 죄와 구원의 문제로까지 심화시키는 것은 윤리와 도덕으로는 해결할 수 없는 근원적인 악과 개인으로는 그 한계를 넘어설 수 없는 원죄의 문제에까지 삶의 깊이를 추구하고 있기 때문이다.

『죄와 벌』을 읽은 사람들이라면 누구보다도 착하고 정직한 매춘부 소냐를 접하게 된다. 그 소냐가 물건을 훔쳤다는 누명을 쓰게 된다. 그때 소냐의 어머니는 소냐의 양심적 순결을 믿고 있던 터라 크게 충격을 받는다. 논쟁의 상대가 변호사이기 때문에 더욱 할 말을 잃는다. 그 어머니는 문밖으로 나와 거리를 헤매면서 "아직도 이 세상에 정의가 살아남아 있는지 찾아보겠다"고 나선다. 정의를 호소하면서 헤매다가 저녁때 집에 돌아왔을 때는 정신착란을 일으킨다.

우리는 그 장면에서 윤리와 도덕의 한계를 느낀다. 그런 문제의 해결이 종교에서 주어질 수 있다면 우리는 그것을 신앙의 가능성으로 본다. 그리고 그 가능성의 상대를 초월자로서의 신격 존재로 믿어왔다.

그러나 종교적 신앙은 선택의 문제다. 도덕과 윤리는 누구나 그 규범과 영역을 벗어날 수 없는 필수적인 것이다. 선악과를 따 먹은 인간들에 대한 운명적 요청일 수 있다. 그러나 종교는 선택을 하지 않을 수도 있다.

문제는, 종교적 선택은 인간적 삶의 궁극적인 선택이라는 데 그 뜻이 있다.

이런 상징적인 장면을 상상해보자.

어떤 사람이 무한 또는 절망이라고 부를 수 있는 강가에 서서 한없이 깊고 넓은 강 저편을 바라보고 있다. 그 옆에 한 스승이 조심스럽게 다가와 "오래전에 당신이 여기에 서서 강 저편을 바라보고 있었던 것으로 기억하는데 그동안 어디를 다녀왔느냐?"라고 묻는다.

그 사람은 "강 이쪽 편의 여러 곳을 다녀보았지만 내가 찾는 것이 없어 혹시 강 저편에는 내가 사모하는 것이 있을까 싶어 다시 이곳으로 와 서 있다"라고 대답한다.

그 말을 들은 스승은 "이 강은 무한이라는 강이다. 누구도 건너갈 수가 없으니 다른 곳을 찾아보라. 그런데 당신이 찾는 것이 무엇인가?"라고 묻는다.

서 있던 사람은 "내가 찾고 있는 것은 영원이다. 다른 모든 것은 찾을 수 있었다. 돈, 명예, 권력은 물론 과학, 예술, 도덕, 행복, 성공 등도 찾아 누릴 수 있었다. 그러나 내가 찾는 영원은 그 어디에도 없었다. 그래서 혹시 강 건너 저쪽에는 영원이 있을까 싶었던 것이다" 라고 고백한다.

그때 스승은 "만일 당신이 이 강을 건너 저편에 가게 되면 그곳에서 영원을 찾아 누릴 수 있지만 다시 이곳으로 돌아오지는 못한다. 이 모든 것을 포기하고도 이 강을 건너겠느냐?"라고 묻는다.

그때 그 사람은 일생에 한 번밖에 없는 중대한 선택과 결단을 내려야 한다. 한때 사람들은 그것을 실존적 선택이라고 말했다. 내 삶과 이에 속하는 모든 것을 포기하고 '영원'을 찾아 최후의 선택을 해야 한다. 그래서 파스칼은 신앙은 도박과 같다고 말했다. 키르케고르는 "'돌다리도 두들겨보고 건너가라'는 교훈은 동서양을 통한 인류의 지혜지만 신앙의 길은 못 된다"라고 경고하고 있다.

가능한 것은 마지막 질문이 있을 뿐이다. "강 저편에는 어째서 '영원'이 있는가"라는 물음이다. 그때 스승은 엄숙하고 경건한 말을 해준다. "강 저편에는 '하나님 (전능자)의 사랑'이 있다"라고.

그 사랑의 주인공을 아버지라고 부른다면 우리는 인생의 고아가 되지 않고 존재와 삶의 근원인 아버지의 사랑을 찾아가는 것이다.

이런 것이 종교적 신앙의 선택이다. 그래서 20세기를 대표하는 철학적인 신학자였던 폴 틸리히는 신앙을 관심과 참여의 길이라고 말했다.

인간은 성실한 삶과 인격에 관심을 갖고 있다. 그것은 영원(실재)에의 관심이다. 그러나 그 문제를 해결 짓는 것은 이성적 사유나 철학적 해석이 아니다. 영원한 실재와의 참여를 통해서 가능한 것이다.

그래서 우리의 신앙은 선택인 동시에 영원한 실재와의 체험에서 이루어진다.

양심은 가치에의 사랑이라고 불러도 좋을지 모른다.
항상 값지고 귀한 뜻과 보람을 위한 비판,
끝없는 정진을 거듭하는 마음과 능력을
양심이라 부를 수 있겠다.

양심보다 귀한 것

 양심보다 귀한 것이 있을까? 아니, 있을 수 있을까? 있다면 그것은 무엇일까? 이러한 문제의 해결을 위하여, 양심은 무엇이며 그 작용하는 바가 무엇인지를 물어야 할 것 같다.

 철없는 어린이들은, 양심은 가슴에 있는 그 어떤 실체라고 생각할지 모른다. 나쁜 짓을 했을 때 가슴이 들먹이는 것을 알기 때문이다.

 소크라테스는 양심을 신의 뜻과 음성을 전해주는 영적인 존재인 듯 높이 평가했다. 그러나 오늘에는 그렇게 생각지는 않는 모양이다. 최근에는 양심을 우리의 의식 작용의 일부분이며, 그 작용을 통하여 선과 악을 구별하는 능력이라고 보고 있다. 선악 의식 또는 도덕 의식이 바로 그것이다.

그것을 좀 더 적절히 표현한다면, 양심은 가치에의 사랑이라고 불러도 좋을지 모른다. 항상 값지고 귀한 뜻과 보람을 위한 비판, 끝없는 정진을 거듭하는 마음과 능력을 양심이라 부를 수 있겠다.

그러므로 양심은 항상 두 가지 일을 수행하고 있다. 선악을 구별하여 가르쳐주는 일이며, 선으로의 길로 우리를 밀어주는 추진력이다. 따라서 양심을 믿고 양심대로 복종하며 살아가는 사람은 언제든지 악을 버리고 선을 택하며, 스스로를 채찍질하여 보다 높은 생활로 이끌어 올라간다. 그러므로 양심보다 귀한 것이 없으며 양심보다 높이 볼 것이 없다. 인간이 소유할 수 있는 최대의 관심은 이 양심에 집중되어야 하며, 우리는 항상 양심적인 생활을 해야 한다.

그러나 우리의 부족한 생각이 바로 여기에 있다. 모

든 인간적인 것은 한계가 있으며, 인간 그 자체가 유한하듯 양심도 역시 유한한 존재가 아닌가 싶다. 가장 고귀한 것도 인간과 더불어 있을 때는 반드시 어떤 한계에 머무르지 않을 수 없기 때문이다.

흔히 양심이 행복과 만족 그리고 고요한 평화를 가져온다고 믿는다. 물론 비양심적인 인간들은 고귀한 양심적 생활이 가져온 것들이 얼마나 귀한지를 깨닫지 못할 것이다.

그러나 양심을 행복과 만족만 가져오는 것으로 믿어서는 안 된다. 양심은 오히려 마음과 정신에 고통과 어려움을 줌으로써 생활을 보다 더 높은 위치로 끌어올린다. 그러므로 때로는 비양심적인 사람들이 오히려 마음의 평안을 누리기도 한다.

기차역에 있는 큰 저울에는 상당히 무거운 물건을 얹어놓아도 별 반응이 없다. 크고 무거운 짐을 너무 많이 취급해온 저울대이기 때문이다. 그러나 화학 실험실이나 제약소에서 쓰는 저울대는 먼지 몇 알만 얹어도 기울어진다. 양심도 질적인 구별 없이 그 상태만을 따진다면 그와 같은 것이다. 양심이 무딘 사람은 상당히 큰 잘못을 저지르고도 별로 마음의 가책을 받지 않는다.

'그것쯤이야! 나보다 몇 배나 나쁜 사람이 얼마든지 있는데.'

그러나 양심이 맑고 깨끗한 사람은 지극히 작은 일 하나를 가지고도 오랫동안 정신적 고통을 받는다. 양심은 악을 고발하고 책망함으로써 우리의 생활과 마음의 위치를 높여주는 데 그 본래의 책임이 있기 때문이다.

양심에 관하여 이보다도 중대한 또 하나의 사실이 있다. 그것은 양심이 우리들의 인간성과 영혼을 구원해주지는 못한다는 것이다. 즉, 양심은 도덕과 윤리 문제에서 최후의 심판이기는 하나, 그 인간의 구원과 영원한 문제를 해결해줄 수는 없다.

어렸을 때 이러한 얘기를 전해 들었다. 앞마을에 작은 국민학교가 하나 있었다. 남쪽에서 온 젊은 선생이 결혼한 지 얼마 안 된 부인과 함께 학교 옆 사택에 머무르고 있었다.

어느 더운 여름날 늦은 오후, 이 선생은 운동장 옆 나무 그늘에 앉아 들바람을 쐬고 있었다. 이때, 이 선생의 마을 친구가 그 운동장 앞을 지나 집으로 돌아가고 있었다. 그는 동네 환갑 잔칫집에서 일찍 저녁을 끝내고 상당히 취해 있었다.

청년은 선생이 앉아 있는 옆자리에 앉으면서 중얼거렸다.

"팔자가 좋구만. 애들은 다 보내놓고 혼자 바람을 쐬고……. 그러나 아무리 선생이라 해도 나를 괄시하진 못해. 무식한 놈은 사람이 아닌 줄 아나?"

"술을 좀 많이 했나보군, 그런 소리를 다 하고."

"무어, 내가 취한 줄 알아? 취하지 않았어. 자네가 말은 안 하지만 내가 다 알아, 나를 어떻게 보고 있는지. 재미없네, 그러다간……."

청년이 벌떡 일어섰다. 몇 발짝 걸었을까. 그 청년 앞에는 낮에 애들이 공치기를 하다가 던져놓은 몽둥이가 뒹굴고 있었다. 청년은 그것을 손에 들고 다시 선생이 앉아 있는 곳으로 왔다.

"자네, 날 무식하다고 무시하면 좋지 않네. 학생들을 벌주는 몽둥이로 자네도 벌을 받는단 말이야."

그는 웃으면서 지껄였다. 반은 농담이었고 반은 불평같이도 들렸으나 선생은 웃으면서 말했다.

"어서 가서 쉬게나. 내일 또 만나기로 하지."

청년은 몽둥이를 들면서 웃었다.

"무어, 내가 취해? 취하기는 왜 취해? 한 대 맞아볼래? 하하하……. 선생도 겁쟁이로군!"

그것으로 끝나면 얼마나 좋았으랴. 선생은 혹시나 싶어 몽둥이를 피하느라고 머리를 옆으로 돌렸다. 그런데 불행하게도 청년이 엄포를 놓느라 휘두른 몽둥이에 머리를 맞았다. 선생은 의자 밑으로 쓰러졌다. 깜짝 놀란 청년은 몽둥이를 던지고 붙들어 일으켰으나 선생은 다시 쓰러졌다. 얼마 뒤 선생은 뇌진탕으로 숨졌다.

동네가 소란해지고 선생의 부모가 찾아왔다. 경찰에

구속된 청년은 몹시 뉘우쳤다. 술김에 저지른 과오를 어떻게 되돌릴 도리가 없었다. 조사해본 결과 그 젊은 이는 죽은 아들과 매우 가까운 친구였고, 객지에 살면서 많은 도움을 준 사람이었다. 그 사실이 인정되어 법정에서도 청년은 3년 반의 체형(體刑)을 언도받았다.

형기가 끝나자 청년은 집으로 돌아왔으나 동네 사람들을 대하기가 부끄럽고 애들을 볼 수가 없어 그만 집을 팔고 멀리 뒷마을로 이사를 가버렸다. 그러는 동안 큰딸은 여섯 살이 되고 또 새로이 작은아들을 하나 얻었다. 그러나 청년은 여전히 고통과 우울한 하루하루를 보냈다.

어느 날, 부엌에 있던 아내는 방에서 이상한 소리가 들려와 귀를 기울였다. 남편이 어린 아들을 품에 안고 울고 있었다.

"이놈아, 세상에 태어날 곳이 없어서 아무 죄도 없는 친구의 피를 흘리게 한 나를 애비로 삼아 태어났단 말이냐. 그 저주스러운 피 값을 왜 네게 물려주어야 하느냐!"

청년에게는 웃음이 없어졌다. 누구를 찾아 만나는 일도 끊어지고 말았다. 비참하고도 저주받은 나날을 보낼 뿐이었다.

몇 달이 지났다. 하루는 시장에까지 다녀온 청년이 큰딸의 손목을 만져보더니 옷감을 꺼내놓았다.

"내가 너에게 주는 선물이다. 엄마보고 곱게 만들어 달래서 입어라." 그러고는 작은아들과 아내의 옷감까지도 펼쳐놓으면서 말했다.

"여보, 내가 사온 것인데 잘 맞는지 걸쳐보구려."

그는 "얼마나 있으면 저녁이 되오?"라고 물었다. 곧 밥을 먹을 수 있다는 아내의 말에 청년은 10분쯤 있다가 들어올 테니 상을 차려놓으라고 하고는 밖으로 나갔다.

그런데 30분, 한 시간, 두 시간이 지나도 청년은 돌아오지 않았다. 밖은 벌써 어두워지고 있었다. 아내는 대문 밖으로 나왔으나 갈 곳이 없었다. 본래부터 남편이 갈 만한 곳이 없었기 때문이다. 할 수 없이 한두 노인을 찾아 도움을 청했고, 몇몇이 함께 찾아다녀보았으나 그를 찾지 못했다.

얼마쯤 지났을까, 뒷산 길을 넘어 마을로 돌아오던 동네 사람들이 저쪽 산 중턱에 있는 높은 전봇대에 어떤 사람이 목을 매고 죽어 있더라는 말을 전했다. 틀림없이 그 청년이었다. 너무 심한 죄책, 누를 수 없는 양심의 가책 때문에 그만 스스로 생명을 끊었던 것이다.

"잘 죽었지요. 그렇게 고통과 눈물의 한평생을 보내는 것보다는 죽는 편이 나을 겁니다."

남편의 주검을 앞에 둔 부인이 말했다.

그렇다. 양심은 무엇보다도 귀하다. 그러나 양심이 죄를 씻어주거나 무거운 죄책에 허덕이고 있는 인생의 짐을 풀어주는 것은 아니다. 영원에의 기대와 구원에의 가능성은 양심의 문제를 넘어선 보다 높은 과제인 것이다.

그래서 모든 종교가는 양심보다 귀한 신앙을 말하는 게 아닐까. 인간에게 도덕적인 문제가 전부라면 양심은 무엇보다도 귀하다. 그러나 인간이 종교적인 기대를 가진다면 신앙은 양심보다 더 귀한 것이 될 것이다.

양심을 버리는 것이 아니라 양심에 빛을 주며 구원을
약속하는 것이 신앙이기 때문이다.

사명을 상실한 신앙

우리에게 흥미 있는 이야기를 가장 많이 남겨준 철학자 중의 한 사람이 쇼펜하우어일 것이다. 그의 책 속에는 이런 내용의 이야기가 있다.

네로는 역사상 그 유래를 찾을 수 없을 정도로 악한 임금이었다. 많은 신하, 벗, 여인, 스승을 죽인 사람이다. 그중에서도 가장 잔악한 일의 하나는 어머니를 살해했다는 사실이다. 그 사실을 안 전(全) 로마의 시민들은 빨간 수염(네로의 별명)이 어머니를 죽일 정도로 잔악무도하다는 소문을 퍼뜨렸다. 비난의 소리는 날로 높아갔다.

어느 날 네로는 스승인 유명한 도덕학자 세네카를 불렀다. 그리고 말했다.

"내가 어머니를 죽였다는 사실이 이렇게 많은 원성과 비난의 대상이 되어서는 안 되겠으니, 너는 어머니가 죽게 된 이유와 함께 그것은 악한 짓이 아니라는 사실을 훌륭한 문장으로 만들어 로마 시민들에게 선포해다오. 내 말을 안 듣는 로마인들이라도 네 말은 들을 것이다. 그 대가로 많은 상금을 내리마"라는 뜻의 부탁이었다.

세네카는 어렵지 않게 승낙하고 화려한 문장을 만들어 네로의 입장을 옹호해주었다.

이 사실을 예증하는 쇼펜하우어의 뜻은 무엇이었겠는가? 인간은 나면서부터 선한 성품을 가지고 있어야지, 아무리 훌륭한 지식을 쌓는다 해도 그것이 한 사람의 성격과 의지를 바꿀 수는 없다는 것이다. 그 당시 산에서 풀뿌리를 캐어 먹어가며 연명하던 일반인이라도 거절했을 짓을 세네카가 저지른 것은 그의 위대한

234

학문도 타고난 본성과 성격은 어떻게 할 수가 없었다는 주장이다.

사과나무에는 크고 좋은 열매가 달릴 수도 있고 안 좋은 열매가 달릴 수도 있으나 사과 이외의 다른 열매가 맺힐 수는 없는 법이다. 포도나무에 산딸기가 달리는 일은 없다.

그러므로 절대다수의 사람들은 모두가 자기 자신의 성격의 결과를 운명적으로 받아들이기 마련이다. 100의 90까지는 다 스스로의 성격의 결실을 얻고 사는 것이 인생이다. 어찌할 수 없는 사실이다.

그러나 극히 소수의 존경할 만한 사람들이 있다. 자기의 학문과 지혜로 스스로의 성격과 의지를 제어하거나 선한 방향으로 이끌어나가는 사람들이다. 지혜와 학문의 도움을 꾸준히 받아가면서 스스로 성격을 조종해간다는 사실은 참으로 귀한 일이다.

그런데 여기에 이미 말해온 두 가지 태도를 부정하면서 인간 그 자체와 성격 그대로를 개혁하여 새로운 인간으로 만들 수 있다고 믿는 사람들이 있다. 그가 다름 아닌 종교인들, 특히 기독교인들이다. 물론 그들도 신께서 주신 성격이나 인간성을 무시하거나 배척하지는 않는다. 그러면서도 거듭나지 않으면 하늘나라에 들어갈 수가 없다든지, 내가 죽고 내 속에 그리스도가 살지 않으면 참신자가 될 수 없다고 말하는 것이 기독교인의 신앙이다.

또 역사에 나타난 많은 성도들이 그러한 모습을 우리에게 보여주기도 한다. 아우구스티누스에게서 볼 수 있으며, 프란체스코가 그것을 증명해준다. 과연 이 일이 가능할 수 있을까? 기독교가 성령의 역사를 말하는 한 이 사실을 인정하고 있는 것만은 틀림없다.

그렇게 되지 못하는 것은 우리들의 잘못이지만, 신앙은 우리들의 타고난 성격까지도 바꾸어주며 새로운 인간으로 만들어주는 역할을 한다. 시간 속에서 영원을 찾으며 하늘나라의 백성이 된다는 사실은 여기까지 미치지 않으면 안 된다.

그러나 그 때문에 위험 또한 여기에 내포되고 있다. 교회에 나가고 기도를 드리며 어떤 직책을 맡게 되어 그것으로 나 자신이 완성된 인간이 되었다고 믿는다면, 그는 지혜와 학문을 가지고 겸손히 자제하는 사람만도 못할 것이다.

이러한 성격·지혜·신앙의 문제는 개인의 문제만은 아니다. 새로운 윤리의 창조를 위해서도 중대한 내용이 아닐 수 없다. 본능과 이기적인 생활성을 그대로 인정하고 사는 사회. 이성과 선에의 정진을 끝없이 거듭하고 있는 생활은 얼마나 귀한 일이겠는가? 이 사명을 상실하고 있는 기독교와 많은 종교를 생각하면 슬픈 일이다.

종교가 과거에 모든 가치관의 원천이 되었다면
참다운 종교적 교훈은 앞으로 있어야 할
온갖 가치관의 이념과 목표가 되어야 하는 것이다.
그런 의미에서 지금이야말로
진정한 종교적 가치관이 간절히 필요한 때다.

올바른 신앙의 인생관

역사적으로 보았을 때, 우리 사회의 가치관을 형성하는 데 가장 큰 책임은 종교에 있다. 그 추세는 앞으로도 오랫동안 계속될 것이다.

우리가 불교 문화권, 유교 문화권, 기독교 문화권, 이슬람교 문화권을 구별해보는 것은, 그들이 믿고 있는 종교가 그들 문화의 기반이 된 가치관을 만들어주었기 때문이다. 우리가 무엇을 믿게 된다면 그것은 우리의 삶을 좌우하게 되므로 가치관 형성의 중심이 될 수밖에 없다. 그런 면에서 다른 모든 것은 가치관 형성의 상대성을 가지나 종교적 신앙은 절대적인 것이라고 볼 수도 있다.

사상가 콩트는 종교의 시대가 지나면 철학의 시대가 뒤를 잇고, 철학적 사고가 끝나면 과학의 시대가 찾아온다고 주장했다. 실증주의적 사회과학을 제창했던 것이다.

일부 선진 국가의 지성인들은 그 과정을 밟고 있는 것 같다. 지금은 합리적 사고와 과학적 가치관이 큰 비중을 가지고 선진사회를 이끌어가고 있다. 그러나 후진 국가의 절대다수 사람들과 선진사회의 대다수 국민들도 아직은 이에 도달하지 못하고 있다. 많은 사람들이 종교적 의식구조와 가치관을 넘어서지 못하고 있다. 그러나 종교가 건설적이며 미래지향적인 가치관을 주기 어렵거나 줄 수 없다는 속단을 내려서는 안 된다. 지금이야말로 건전한 종교들이 희망을 줄 수 있는 가치관을 제시하는 데 앞장서야 할 때가 온 것이다.

우리나라는 자타가 인정하는 종교사회다. 유교와 사

이비 종교까지 합친다면 대한민국은 양적으로 가장 많은 종교인이 속한 국가다. 그러므로 많은 종교 지도자들과 신앙인들은 민족과 사회를 불행으로 이끄는 가치관을 버리고 더 많은 사람들의 인간다운 삶을 이끌어 줄 가치관 육성에 앞장서야 한다. 만일 그 책임을 회피하거나 역행한다면 그 종교들은 오래지 않아 우리 사회로부터 버림을 받게 될 것이다. 내가 믿고 소속되어 있는 종교는 예외일 것이라는 생각은 더 위험하다. 만일 지금 우리가 종교 때문에 소비하고 있는 재정, 시간, 노력을 도덕이나 과학을 위해 써서 우리 사회에 더 큰 혜택과 인간다운 삶이 가능해진다면 우리들 자신도 종교를 떠나 도덕과 과학을 택하게 되지 않겠는가. 또 역사는 그런 과정을 밟고 있음을 기억해야 한다.

그렇다면 우리가 종교계에 요청해야 할 과제는 무엇인가.

프랑스의 철학자 베르그송은 자신의 저서 『도덕과 종교의 두 원천』에서 적절한 지적을 해주고 있다. 종교는 폐쇄적이기 때문에 고정적인 신앙을 극복하지 않으면 안 된다. 그런데 불행하게도 많은 종교가 그런 과오를 범할 가능성을 너무 많이 내포하고 있다. 또 그 때문에 지금도 많은 사람들이 고통과 불행의 상황에서 벗어나지 못하고 있다.

그러나 그것은 종교가 폐쇄적인 집단주의와 교조적인 고정된 가치관을 극복하지 못한 데 있다. 대개의 종교들은 휴머니즘에 뿌리를 둔 진리로서의 교훈을 교단을 위한 교리로 바꾸곤 했다. 기독교도 성경의 직접적인 삶의 가치관을 신학의 그릇 속에 담아 폐쇄적인 '우리의 것'으로 굳혀놓았다. 성경의 진리는 '인류 모두의 것'이 되어야 했던 것이다. 그 결과로 '우리의 것'과 일치되지 않는 것은 배격하는 흑백논리를 강조했고 정신적 집단 이기주의를 굳혔던 것이다.

그러면 종교가 개방적이며 동적(動的)인 생명력을 갖춘다는 것은 무엇을 뜻하는가. 많은 사람, 가능하다면 인류 전체가 받아들일 수 있는 진리로 탈바꿈하는 일이다. 그리고 과거의 교리나 신조를 위해서가 아니라 미래지향적이며 창조적인 가치관을 제공해줄 수 있어야 한다.

그런 뜻과 의미를 가장 잘 보여주는 신앙적 혁명을 이끌어준 이가 예수였으며, 구약의 유대교에서 신약의 기독교로 발전시킨 것이 그 업적이었다. 그런 생명력을 지니고 역사의 동적인 활력을 갖춘 가치관을 줄 수 있는 종교가 되었을 때 종교적 신앙과 가치관은 과학과 철학의 시대에 있어서도 그 존재 가치를 인정받게 되는 것이다.

그때의 개방적이며 생명력을 갖춘 가치관이란 어떤 것인가. 그 표준은 어디에 있는가. '좀 더 많은 사람들이 인간답게 살 수 있는 교훈을 줄 수 있는가'에 있다. 모든 종교의 교리에는 차이가 있을 수 있다. 그러나 휴머니즘의 육성과 인간다운 삶에 협조하려는 노력과 가치관에 있어서는 공통점이 있어야 한다.

구체적인 두 가지 예를 들어보기로 하자.

나는 기독교 대학인 연세대학교에서 일생을 보냈다.

연세대학교도 처음에는 선교사에 의한 선교적 의미를 갖춘 대학으로 자랐다. 그러나 오래지 않아 그 껍질이 벗겨지고, 한국 교회의 대학으로 정착해갔다. 교회가 주체적 역할을 담당했다. 이사진도 교파를 대표하는 교역자들이었고, 목사가 총장이 되는 것을 당연한 듯이 여겨왔다. 그러나 최근에 이르러서는 기독교 정신에 입각한 민족의 대학으로 탈바꿈했다. 기독교 정신이 그 특수성을 만들고 있으나 민족의 장래와 국가의 운명에 동참하는 대학으로 발전할 수밖에 없었다.

아직도 우리나라에서는 절에 자주 나와 불공을 열심히 드리는 사람을 신앙이 좋다고 평하며, 교회에 열심히 참여하며 신앙적 행사에 많은 정성을 쏟는 사람을 모범적인 크리스천이라고 인정한다. 그러나 지성적이며 지적 교양 수준이 높은 사회에서는 그런 평가를 내리지 않는다. 우리 사회도 그렇게 되면 사찰을 찾거나 불교 행사에는 동참하지 않아도 석가의 교훈과 불교의 정신을 자신의 인생관과 가치관으로 삼고 따르는 사람을 소망스러운 불교도로 보게 될 것이다. 신부나 목사가, 교회에 잘 나오기보다는 성실한 삶을 살며 이웃에게 봉사하는 사람이 참된 크리스천이라고 가르칠 때가 오는 것이다. 그리스도의 말씀이 우리의 가치관과 인생관이 되고 그런 삶에서 하나님의 나라가 이루어지는 것이 기독교의 궁극적인 목적이기 때문이다.

만일 이런 뜻이 이루어진다면, 종교이기 때문에 귀한 것이 아니라 진리이기 때문에 받아들일 수 있는 교훈이 되며, 교세가 방대해졌기 때문에 좋은 종교가 되는 것이 아니라 누구나 따를 수 있는 인생관과 가치관을 줄 수 있기 때문에 믿게 되는 일이 가능해지는 것이다. 또 그런 종교가 못 되면 후일에는 종교적 의미와 가치가 퇴색되어버릴 것이다.

그렇다면 우리가 참다운 종교와 민족 및 국가적인 가치관을 위해 요청할 수 있는 것은 무엇인가.

모든 종교는 어떠한 경우에도 휴머니즘적 공통성과 동일성을 유지해야 한다는 엄연한 요청이다. 우리가 믿고 있는 종교가 인간성을 병들게 하거나 인격적 삶을 구속한다면 우리는 그 종교를 받아들일 수가 없다. 정신적 자유를 구속하는 신앙, 인격적인 사회적 삶을 제약하는 교리나 규범은 시정되어야 한다.

그리고 이러한 휴머니즘적 공통성은 모든 종교에서 유지되어야 하기 때문에 그 공통성이 그대로 휴머니즘적 자기동일성을 갖추어야 한다. 개인에게 있어서는 개성과 인격의 자기동일성(identity)이 있어야 하듯이, 인간 및 인류 공동체적 삶에 있어서도 이 휴머니즘적 자기동일성이 보존되어야 한다. 사실 대표적인 종교들이 수십 세기 동안 그 생명력을 유지해온 것은, 많은 시련과 변화를 겪었고 때로는 미신적 요소까지도 완전히 배제하지는 못했으나 인간애와 인간 목적관에 입각한 휴머니즘적 자기동일성을 지켜왔기 때문이다. 그것이 없는 종교는 버림을 받았던 것이다. 불교는 약화되어도 자비로운 마음은 자라야 하며, 유교의 인습적인 행사는 사라져도 어진 마음의 빛이 사라져서는 안 된다. 교회의 수는 줄어들어도 사랑을 실천하는 사람의 수는 늘어야 하기 때문에 기독교가 존립하는 것이다.

반(反)휴머니즘이거나 비(非)휴머니즘에 해당하는 종교는 있을 수 없고 있어서도 안 되는 것이 우리 모두의 요청인 것이다.

종교의 존재 의미는 인간애 정신이다. 생명을 존중하고, 모든 사람의 개성과 자유가 보장됨을 의미한다. 그리스도의 정신은 이웃을 내 몸과 같이 사랑하며, 그 사랑에 한계가 왔을 때 하나님의 뜻과 사랑을 나누어 주는 일까지 책임지는 것을 뜻한다.

만일 교리 때문에 이성을 구속하며, 율법 때문에 자유가 속박당하며, 신학 때문에 지성에 번뇌를 준다면 그것은 종교로서의 본질을 어긋나게 하는 일이다. 옛날에는 신앙적 대립 때문에 전쟁이 일어났고 교리 논쟁 때문에 사형을 받는 일도 있었다. 칼뱅 같은 위대한 신학자도 종교재판에서 사형을 당하게 된 친구를 위해 "푸른 나무에 태워 죽게 하는 것보다는 마른나무를 사용해서 죽음의 고통을 덜어주라"라고 동정을 베풀었을 정도로 신앙적 모순, 즉 반휴머니즘적 과오를 범했던 것이다.

문제는 지금도 마찬가지다. 종교가 다르기 때문에 국가가 분열되며 신앙의 차이 때문에 전쟁도 불사하는 비극적 현실이 벌어지고 있지 않은가. 그런 종교가 인간의 자유와 행복을 증대시키며 인간다운 삶을 보장해 줄 수 있겠는가. 이렇게 본다면 석가, 공자, 그리스도의 생명력 있는 교훈을 불교, 유교, 기독교가 교리라는 구정물로 만들어 사람들을 정신적으로 병들게 했으며, 사랑과 봉사의 고귀한 뜻을 적대심과 파멸의 복수적 수단으로 바꾸어놓지 않았는가를 묻고 싶을 정도다.

이러한 현상은 다른 민족이나 사회에만 있었던 것이 아니다. 지금 우리 주변에서도 일어나고 있는 문제다. 만일 우리 사회의 종교인들이 그 책임을 다하지 못한다면 사람들은 과학적 사고와 도덕적 교훈을 따르기 위해 종교적 신앙을 멀리할 수도 있을 것이다. 이미 그렇게 되고 있는 것이 현실이다.

우리나라의 천도교는 인내천(人乃天)이라는 근본 교리를 따르고 있다. 인간이 곧 하늘이기 때문에 이웃을 대할 때 하늘을 대하듯이 하라는 지성 어린 교훈인 것이다.

지난 5세기 동안 우리는 유교 전통의 가치관을 이어왔다. 유교의 전통이 무엇인가. 선하고 아름다운 인간관계의 육성이다. 그 뜻을 위해 어진 마음을 높이고, 예의와 존경심을 강조했다.

불교도 그렇다. 인간적인 공감과 생명애의 위대성을 굳히며 인간적 한계와 번뇌를 극복하기 위해 법과 진리를 찾아 가지는 것이 그 본원이다. 그 길을 위해서는 인간적 공감인 자비심이 필요하며, 생명과 삶에 있어 우리 모두가 하나라는 뜻을 키워가는 것이 본래의 불교 정신이다.

많은 신앙인을 가진 기독교의 근본정신도 사랑이다. 이웃을 내 몸과 같이 사랑하며 필요하다면 한 알의 밀이 되어 희생을 통해 참다운 삶과 많은 사람의 영원한 희망을 완성시켜주자는 뜻이다.

만일 종교가 그렇게 귀중하면서도 숭고한 뜻을 받아들일 수만 있다면, 종교야말로 휴머니즘을 완성시키면서도 그 뜻을 영구히 살리는 본래의 이상에 도달할 수 있지 않겠는가. 그때 종교적 교훈이 주는 가치관은 그 어떤 가치관보다 높은 위치에 있으면서 민족과 인류의 장래를 희망과 사랑으로 이끌 수 있다.

종교가 과거에 모든 가치관의 원천이 되었다면 참다운 종교적 교훈은 앞으로 있어야 할 온갖 가치관의 이념과 목표가 되어야 하는 것이다. 그런 의미에서 지금이야말로 진정한 종교적 가치관이 간절히 필요한 때다.

인간적인 삶을 위한 질문

19세기 전반기의 프랑스 철학자 콩트는 세계 역사의 발전적 단계를 이야기하면서 종교적 신앙의 시대가 끝나면 철학적 사유의 시대가 오고, 그 후에 실증과학의 시대로 발전하는 것이 사회과학의 과정이라고 보았다. 확실히 현대사회는 과학의 시대라고 보아야 할 것이다. 그렇다고 해서 종교적 신앙이 사라진 것은 아니다.

철학적 사유가 남아 있는 것처럼 종교적 신앙은 여전히 우리 사회에 남아 큰 영향을 주고 있다. 현재에도 인류의 사상과 역사를 지배하고 있는 종교의 영향을 가볍게 볼 수 없는 실정이다. 어떤 사상가들은, 마르크스주의는 100년 만에 끝났으나 종교적 갈등은 200년은 계속될 것이라고 예측한다. 그만큼 종교인이 많다는 증거기도 하나 아직도 종교적 영향과 혜택을 기대하는 사람이 절대다수라는 뜻이기도 하다.

미국 사회에서도 보수적이며 근본주의적인 신앙을 고수하는 신도들이 강한 정치 세력을 이루고 있으며, 이슬람 문화권과 인도 대륙에서는 종교적 전통을 배제할 사상적 대체 세력이 없다고 말한다. 장기간 종교를 탄압해온 중국에서도 종교적 신앙을 받아들이는 사람의 수가 늘어나고 있는 현실이다.

많은 사람의 사회적인 교육 수준이 높아지고 과학의 발달과 혜택이 보급되면 종교는 그 정신적 영향력이 점차 약화될 것이라고 생각한다. 그렇게 될 것이다. 사찰의 수가 줄어들고 성당이나 교회가 문을 닫는 현상은 이미 나타나고 있으며 앞으로는 그런 현상이 더 확대될 것이다. 그러나 종교적 신앙심이나 인간의 희망, 더 선하고 영구한 가치를 향한 초인간적 기대와 소원까지 소멸되는 것은 아니다.

최근에는 인간 지능의 영역 확장과 더불어 포스트휴먼 시대가 올 것이라는 과학의 초인간적 가능성을 예고하기도 한다. 가공할 만한 전쟁 무기의 개발과 발전은 인류의 종말을 초래할 수도 있으며, 인간적 가치를 완전히 소멸시킬 가능성도 있다고 말한다. 그런 상상이 가능해지고 있는 것이 사실이기도 하다. 그때 인간은 여전히 인간다운 삶을 유지하며, 인간의 존엄성과 인간적인 삶의 의미와 가치를 유지하고 발전시키는 가능성과 희망을 어디서 찾을 수 있겠는가. 인간이 편리와 삶을 돕기 위해 개발한 과학적 기능이 인간을 노예와 수단으로 격하시키려고 할 때 인간은 자신의 지능으로 빠져나올 수 있는지 묻지 않을 수 없게 된다.

지금까지는 인간의 이성적 가능성을 믿어왔다. 또 우리 자신의 양심과 윤리적 능력이 그 문제를 해결할 수 있을 거라고 자신해왔다. 그러나 지금은 그 한계와 때로는 무능함까지 인정하고 있다. 철학자 러셀이 경고했듯이, 핵폭탄을 옆에 두고 '폭탄에 돌이나 담뱃불

을 던지면 우리는 모두 멸망할 테니 조심하라'는 경고
장을 써 붙이고 안심하는 시대에 살고 있는 게 오늘의
현실이다.

사실 종교는 개인과 인류의 절망적 상황에서 벗어나
려는 욕구와 희망에서 탄생했다. 원시인들은 죽음을
체험하면서 종교적 신생을 갈망했고, 현대인들은 정신
적 회의와 절망의 상황에서 영원한 것과 인간적 삶의
긍정적 실존을 요청해왔다. 인간적 삶의 한계 의식과
허무에서 탈피하고 싶었던 것이다. 이것이 바로 실존
주의 사상가들이 문제 삼았던 과제들이다.

그런 인간적 기대와 희망을 종교적 신앙에서 찾으려
한다면 그것은 잘못되었거나 미신일 수도 있다. 이는
가장 인간다운 인간애에서 비롯되는 기대와 갈망인 것
이다.

석가나 예수는 그런 신앙적 물음에 대한 해답을 주
었다. 그러나 우리가 성경과 석가의 교훈을 접할 때 그
시대와 사회적 상황을 배제하고 그들의 가르침에 귀를

기울인다면 종교적 신앙에는 사이비 신앙이나 미신적인 요소가 큰 비중을 차지할 수밖에 없다. 그 교훈들이 논리나 학설이 아니기 때문에 상징적인 비유로 전해졌다고 해도 그 뜻과 지향점은 구원으로 향하는 복음이다.

이 뜻을 받아들이는 인간적 수준이 세속적 수준 이하일 때는 종교적 신앙이 불필요하며 삶의 의미와 가치를 위한 도움이 되지 못한다. 이성과 양심을 갖추고 있지 못하기 때문이다. 그들에게는 신앙을 위한 물질적 형상이 필요하며 종교는 세속적 기복의 대상이 될 수밖에 없다. 후진사회의 종교적 현상은 그런 모습을 갖고 나타날 수밖에 없다.

그러나 이성적 판단과 도덕적 신념을 추구하거나 인류의 영구한 가치와 희망을 염원하는 현대인이 종교적 교훈의 필요성을 느끼고 이에 동참하는 것은 인간다움의 의무이기도 하다.

사회와 역사적으로도 그렇다. 현대인들은 무한 경쟁이라는 명제를 내걸고 이기적인 경쟁에 뛰어들고 있다. 그들은 개인의 불행은 물론이고 사회적 파멸을 초래할 수도 있다. 선의의 경쟁이라고 해도 인간은 무한한 경쟁의 주인공도 아니며 그 수단도 아니다. 더 소중하고 중요한 것은 인간애의 길이며 인격의 가치가 주체가 되어야 한다. 그런 현실 속에서 석가나 예수가 인간애와 인간의 목적을 가르치면서 사랑이 있는 협조와 희생을 요청했다면 이는 당연한 진리가 아니겠는가.

　나 같은 사람도 예수의 교훈에서 인간적 희망과 은총에 의한 가능성을 믿고 따르고 있다. 민족과 인류의 참자유와 희망을 깨닫고 실천할 수 있는 길을 열기 위해 노력하는 삶을 포기하지 않고 있다. 내 지식과 지나온 과거가 있음에도 불구하고 '무엇을 위해 어떻게 살것인가'를 계속 예수의 교훈에서 찾아가는 것이 인간의 도리라고 믿는다.

신앙의 길

나는 일찍부터 기독교 신앙을 갖고 살았다. 누구에게 내가 크리스천이라고 말하기에는 부끄러울 정도지만 그리스도의 가르침과 그가 인류에 남겨준 희망의 복음은 영원하다고 믿고 있다.

기독교의 대표적 공동체인 교회가 교회주의에 빠져 그리스도의 진리를 교리와 신학에 결부시키며 교회를 위한 교권에 집착하지 않고 사랑과 봉사에 이바지했다면, 기독교는 인류의 종교로 받아들여질 가능성이 더 컸을 것이다.

한때 마르크스주의자들은 기독교를 비롯한 모든 종교를 배척하고 탄압했다. 앞으로도 인류는 편협한 종교적 갈등 때문에 많은 고통과 시련을 겪을 것이다. 그러나 기독교는 그런 폐쇄적인 신앙을 원하지 않는다. 나는 휴머니즘을 뒷받침하고 완성시키는 원천과 동력이 바로 기독교 정신이라고 믿는다. 최고의 인생관과 가치관을 제시해주는 것이 진리라면 우리는 그에 따른 의무도 갖고 있는 것이다.

자유와 평등의 문제는 인류의 역사와 더불어 존속될 사회 및 역사적 과제다. 그 갈등과 모순적 대립 때문에 우리가 겪어야 했던 희생은 너무나 컸다. 혁명과 전쟁의 원인이 되기도 했다. 20세기가 바로 그 문제 해결에 바쳐지지 않았는가.

기독교는 그런 문제에 대해서도 희망적 가르침을 제공해주고 있다. 사회정의에 대한 기독교의 교훈이 그것이다. 정의는 평등을 위한 이념적 도구도 아니며, 자유를 약화시키는 구속물도 아니다. 정의는 인간애에 대한 책임과 의무인 것이다. 더 많은 사람이 인간답게 살기 위한 부단한 사랑의 가능성인 것이다.

나는 항상 개인과 사회 면에서 그런 진리를 발견해 왔기 때문에 크리스천은 누구보다도 민족과 국가를 옳게 사랑하는 길을 가르치고 있으며, 인류와 역사에 가장 원대한 교훈과 희망을 주는 사명인이라고 자부하고 있다. 물론 나 자신은 부족한 점이 많지만…….

한두 가지 주변 얘기로 마무리하고 싶다. 나는 신앙을 두 대륙을 잇는 밧줄에 비유해본다. 옛날 내가 일본에서 대학 생활을 할 때는 현해탄을 연락선으로 왕래하곤 했다. 내 신앙은 부산과 일본 시모노세키를 잇는 면밀한 밧줄 같은 것이다. 나는 밧줄을 믿고 따르면서 바다를 건넜다. 바람이 심하고 파도가 높을 때는 그 밧줄에 매달려 쉬기도 하고, 새로운 도전을 계획하기도 한다. 어쩌다 밧줄에서 멀어졌다가도 줄이 있는 곳으로 돌아와야 한다. 밧줄을 놓쳐 길을 잃거나 방황하면 목적지에 도달할 수 없기 때문이다.

그렇게 해서 나는 파도가 험난한 인생의 현해탄을

건널 수 있었다. 만일 밧줄이 없었다면 어떻게 되었을까? 상상도 할 수 없다. 나에게 신앙은 그 밧줄과 같은 것이었다. 그리스도께서 주신 밧줄이다. 인간과 하나님 사이를 연결해주는, 생명의 줄이다.

따라서 내 관심과 문제의식이 있는 곳에는 언제나 신앙적 해답이 뒤따르곤 했다. 최근에는 사회적 과제가 컸기 때문에 사회와 역사 속에 이뤄져야 할 하나님의 뜻이 무엇인가를 더 많이 연구하고 있다.

그러나 친구들에게는 여전히 자신과 신앙의 문제가 더 가까웠는지도 모르겠다. 특히 삶의 종말인 죽음을 대면했을 때 더욱 그런 것 같다.

오래전 일이다. 철학계의 선배이자 많은 제자의 존경을 받고 있던 박종홍 교수의 장례 예배가 새문안교회에서 집전된다는 신문 보도가 있던 아침이었다. 내 옆 연구실에 있던 B 교수가 내 방을 찾아와 물었다.

"김 선생, 아침 뉴스 보았어요? 박 교수의 장례식이 교회에서 치러진다고요? 언제 그분이 크리스천이 되었던가요?"

나는 그분이 암으로 투병 생활을 하는 동안 철학도 모색하고 탐구하는 길에서 믿고 따르는 길로 돌아섰다고 설명해주었다. 그러자 B 교수는 "그랬구나……. 그래, 갈 곳이 없었던 게지……"라면서 자기 방으로 돌아갔다.

그런 것이 신앙의 길이기도 하다. 나는 선배이자 친구였던 박 교수를 생각할 때마다 세 개의 성 자(字)를 떠올리곤 한다. 誠, 成, 聖, 세 글자다. 지성스러운 철학도로 살다가 마침내는 속된 삶을 벗어나 신앙 안에서 거룩한 삶을 얻을 수 있다면 그 길이 어리석거나 잘못되었다고 볼 수만은 없을 것이다.

100세 철학자의 행복론 2

초판 1쇄 발행 2023년 6월 15일
초판 2쇄 발행 2023년 7월 3일

지은이 김형석
펴낸이 정중모
펴낸곳 도서출판 열림원

출판등록 1980년 5월 19일(제406-2000-000204호)
주소 경기도 파주시 회동길 152
전화 031-955-0700
팩스 031-955-0661　　　　　　　　　**페이스북** /yolimwon
홈페이지 www.yolimwon.com　　　　　**트위터** @yolimwon
이메일 editor@yolimwon.com　　　　　**인스타그램** @yolimwon

주간 김현정 **책임편집** 황우정　　**마케팅 홍보** 김선규 최가인 최은서
편집 조혜영 이서영 김민지　　　　　**온라인사업** 서명희
디자인 강희철　　　　　　　　　　　**제작 관리** 윤준수 이원희 고은정 구지영

ⓒ 김형석, 2023

ISBN 979-11-7040-187-2 03810